果麦文化 出品

我们每个人也许生来平凡

但自律

让人生迈向非凡

全力以赴地活一次吧

你的梦想一定能实现

前言

P R E F A C E

有很多女性朋友经常会和我倾诉：随着年龄的增长，压力日益增加，生活变得平淡无味，少了很多快乐和精彩。

其实，每个年龄的女性都能活出不一样的精彩。

有一类观点是女性到 30 岁，甚至在 28 岁后就开始进入打折阶段了；到了 50 岁，恨不得就得三折出售，甚至一折甩卖了，我觉得这类观点是片面的。作为一个 30 多岁的女性，我敢拍着胸脯说，我比 18 岁的时候快乐得多，因为对这个世界的理解变多了，也自信很多。

18 岁的我甚至连喜欢一个人都不敢跟人表达，因为觉得自己除了年轻以外，没有任何资本，对这个社会一无所知，到哪儿都像一个小傻瓜。可是现在我觉得活得很开心，有一个很好的状态。一方面，自己的体态、心态能保持一个年轻的状态；另一方面，经历和阅历不断丰富，对这个社会的认知和接受程度，包括对感情的把控都是 18 岁时的自己不可比拟的。尤其是在过了 30 岁之后，我变得越来越喜欢自己，慢慢地学会了与世界和解，更加友善地去看待和了解我自己以及我想要的东西。

当你自己没有成为你想成为的人时，你所能做的只有等待别人的选择，说不好听一点，就像被弃掉的宠物，等待一个新的主人来认领。我们都不应该成为这样的人。当你抱怨现实不尽如人意时，应当问问自己，是不是对自己不够狠。

我们总能看到别人身上光彩照人的地方，觉得是运气好，其实这些看似开挂的人生，都是因为他们敢对自己下狠手。你能想象个性张扬甚至被人认为与社会格格不入的时装界的“朋克之母”维维安·韦斯特伍德（Vivienne Westwood）认真读过《红楼梦》吗？你能想象马静芬奶奶 70 多岁还能重新学习、二次创业，而且是做自己从来没做过的行业吗？

人无论在多大的年纪，都要保持一颗年轻好学的心。求知欲是一个人永远向上的动力。以前我们谈恋爱要靠寄送信件，快则需要一个星期，慢则可能三个月才能收到。所有的进步都是慢节奏的。但是现在是互联网时代，一年 365 天，一天 24 小时，一小时 60 分钟，一分钟 60 秒，时间流逝的速度都变快了。上天很不公平，有的人出生就含着金汤匙，有的人出生在贫困家庭。但上天又很公平，给所有人的一天都是 24 小时。

所以我想告诉各位，无论你在什么年龄，都应该不断学习。二十几岁的时候再去学习，你可能觉得比十几岁的时候要晚了，但是比 30 岁的时候要早，哪怕是 60 岁的时候学习，也比 70 岁开始要早啊。

一直以来总有一些关于我的不符事实的争议，但他们并不了解真正的我。我是一个普通的女孩，一路从上海到北京各种折腾，其实还真的挺幸运的，但这个幸运不是赌博能赢来的，我觉得是我对自己够狠赚来的。在身材管理上，其实我很喜欢吃肉，但减肥期间几个月只吃素食；在时间管理上，我所有的日程都写在一个日记本上，按时按计划去完成。18 岁时我没有马甲线，但现在 30 多岁的我有了马甲线；18 岁时我笨手笨脚不会跳舞，但现在我在锻炼身体时学会了跳钢管舞……

这本书里，详细记录了我关于情绪、时间、社交、仪态、健康等各方面对自己狠的点点滴滴和实践方法，无论是外部仪态，还是内在管理，我将之称为“自我成长秘籍”，分享给大家。希望大家在阅读这本书的时候，多一点对自己的鞭策。

这个世界是留给有准备的人的，同时也是留给有目标肯对自己下狠心的人的。俄罗斯模特纳塔利 · 沃佳诺娃（Natalia Vodianova）曾说过：“强大和美丽毫不冲突，甚至正是美丽的来源。”

觉得自己胖那就下定决心努力减肥吧；觉得自己皮肤不好那就坚持护肤吧；觉得身材不够好，那就努力锻炼吧；觉得自己不够成功，那就列一个清单，让自己行动起来吧。

生活不会亏待认真生活的人，美丽也不会错过愿意对自己下狠心的人。只有对自己狠一点，你的未来才会美一点。

目 录

C O N T E N T S

Part 01

Emotion

不再成为情绪的奴隶

Ⅰ 心理建设

Ⅱ 自我提升

Part 02

Social

找到真正的高价值社交

Ⅰ 日常社交

Ⅱ 餐桌沟通

Part 03

Time

用好人生最关键的五千天

Ⅰ 时间表

Ⅱ 自律力

Part 04

Styling

美是要付出代价的

Ⅰ 穿搭

Ⅱ 护肤

Part 05

Health

没有健康一切都是零

Ⅰ 饮食

Ⅱ 体重

不再成为情绪的奴隶

01 Emotion

我见过一些成功的人。在我看来，一个人的成功并不是获得了多少名利，而是他正在过着他想要的人生。这些人都有一个很明显的共同特征——他们很会控制自己的情绪。

我曾面试过一些人，其中也不乏才华横溢的年轻人。但是在接触的过程中，我发现这些 30 岁出头、本应该在公司中层发光发热的年轻人却仍旧像刚毕业、初入社会的大学生一样。例如，我最近面试的一个男孩，文笔很好，但年纪轻轻已经换了四五份工作。我问他为什么要如此频繁

一个人的成功并不是获得了多少名利，而是他正在过着他想要的人生。

地换工作，他便开始跟我细数之前主管的种种不是。我忽然意识到，在现在这个社会上，真正有能力的人还是有很多机会的，但还是有人会茫然地度过一生，就像这个男孩，如果在一个地方持续耕耘，可能会得到持续的发展，但因为情绪管理的问题，他却始终在寻找新的工作。

没有人的一生是风平浪静的，可一个人的心性和气度，正是在这样的挫败夹缝中一点一点磨炼出来的。我们身边有很多人，但凡出一点什么差池，就要将过错推给他人，或者将糟糕的情绪波及周围的人，包括朋友、同事乃至上司。就这样，在这个满是机遇的时代中，这些年轻人的才华反而被埋没了。

所谓情绪管理，最直观的表达就是能掌控自己的喜怒哀乐 ，让他人感到舒适、得体。可是，生活中我们总是会遇到暴躁或抑郁的时刻，我们应该怎么办呢?

如果今天是工作日，你确实无法控制你的情绪，那么就打电话给你的主管，告诉他：“今天我的情绪很糟糕，想一个人静静。但是如果有任何工作上的问题，随时可以联系我。”这是一个理智的成年人该做的，而不是在情绪失控时失联。

在这个只属于自己的“假日”，你可以去尽情运动，去晒太阳，去跟久未见面的朋友约一顿晚餐。将自己负面的情绪排遣出去，而不是任由它们占据你，让你无限地沉沦下去。

我妈妈查出乳腺癌的那一年，是我人生最黑暗的时候，我连说话都觉得气虚，提不起劲儿。我以为是自己气血不足，于是去找中医诊断，中医告诉我，出现这种症状，其实是情绪上的抑郁。一个朋友到北京探望我，我跟她说：“我们去看电影吧。”因为看电影的时候可以不用说话，同时也可以不让对方觉得我怠慢她。

妈妈生病了，就好像是我另一个身体也生病了。我想，这样不行呢，如果连我都生病的话，那谁来照顾妈妈呢。既然我不想说话，那就开始画画。就是从那个冬天开始，从早上九点到晚上六点，每一笔一画，都成为发泄我负面情绪的通道。我连画了七天，几乎没有说过话。画完之后，我好多了。我意识到，每个人都有属于自己的排遣忧愁、寂寞甚至是愤怒的方法，可以是健身、听音乐、游泳、看书，等等。这并不是天生的，而是在后天自己找寻的。我从前是从不运动的，但忽然有一天我喜欢上了钢管舞和柔韧课，这两种运动方式都可以让我在拉扯中感到放松。找到自己喜欢的事是多么令人幸福呀，在运动中，让自己沉静下来，然后你就会发现，所有的负面情绪都消失了。

但是，情绪管理并不意味着你就是一个只会讨好他人的人。好脾气不代表情绪管理的成功，同样，坏脾气也不意味着情绪管理的失败。

我遇到十分愤怒的事情时，也会发脾气，但我会告诉自己，目前的脾气只是暂时的，这只是另一种比较极端的沟通方式，可以让对方深刻地知道我的想法。管理情绪的目的，并不是要告诉别人你是个好脾气的人，而是为了能在为人处世中得到一个更好的结果。

应该没有谁愿意整天和一个充满负能量，整天垂头丧气或者消沉阴郁的人打交道吧？谁都喜欢跟那种有情趣、高情商的人为伍吧？既然这是人性，我们为什么不尝试去改变自己呢？为什么不做一个温暖的发电站，让笑容常挂在脸上呢？真正从内心改变自己，知道自己想要一个怎样的结果，这是我们需要学会控制情绪的真正意义。

·被"骂"大的我如何找到自我和培养自信·

我的父母是典型的"中国式父母"。和很多人一样，从小到大，我是在跟"别人家的孩子"的比较中长大的。他们的常规套路就是，我妈妈先说"你看别人家孩子如何如何"，随后我爸爸就会因为对我不满而发火，这时候我妈妈不仅不会去灭火，还会在旁边"煽风点火"。我爸气急了没准揍我一顿，我妈就是旁边的啦啦队。

小时候的我即使很生气，也没办法。但是这种模式给我带来了一个好处：我的抗挫折、抗压能力非常强。以至于现在的我可以面对批评面不改色，很多人"夸"我心理素质好，殊不知相比于我父母对我的"教育"，恶评真的不算什么。

面对骂声，我从小就是一个"你越骂，我越强"的人，从来不会因为别人的骂声而陷入自我否定，这可能就是一种天生的倔强吧。

外婆对我的教育方式就和父母相反，虽然她经常"骂"我是"三等人"（一等人不教就会，二等人教了才会，三等人打死骂死都不会），但是也经常鼓励我，当着比我大 10 岁的表哥表姐的面，夸我一定是家里最有出息的那个。对于我确实做得不好的地方，我会尽量改正，但是如果是受委屈了，我会用努力颠覆大家对我错误的看法。

长大后，为了躲避父母"强压式"的教育，我决定去北京。当时我觉得我一定要离开上海和这个家，去独闯我自己的世界。

后来，我跟父母聊过这件事，我对他们并无怨言，但假若我有了后代，我不会用同样的方式来教育他们。一味地给"甜枣"或者一直鞭策都不是好办法。

现在我的父母也认识到了自己方法的不恰当，还跟我开玩笑说，如果早知道你以后走文艺这条路，就不天天逼你学数学了。

**我从来不会因为别人的骂声而陷入自我否定，
这可能就是一种天生的倔强吧。**

用行动和习惯来帮助自己建立自信

在我的成长故事里，自信和自我认知是贯穿始终的。长大后，我跟心理学家聊过相关的故事，他说因为我的心理太强大了，才把这种负面的压力变成自我成长的动力。

但是通常我们对自我认识的过程并不是这样的。漫长的自我认知之路的第一步，是要有自知之明，了解自己的优点并发扬它，知道自己的缺点并改正它，这是接受自我的一个重大前提。第二步要结合自己的特性，分析哪些缺点可以改，哪些又无法更改，可以改变的就努力改变，无法更改的缺点也许有一天会变成你与众不同的亮点。第三步要学会悦纳自我,自己的天赋和特长能够有机会去展现，同时也乐于接受别人的欣赏，要开心地接受自己。

培养自信的第一步是告诉自己：你可以，你很棒。某种程度上，自信或者不自信通过行动就能反映出来，通过自己做的事情，你就会发现内心潜藏的自信心。比如我没有跑过 100 米，今天我去跑下来了，内心就会觉得原来我还能跑 100 米呢，对自己的认可就这样建立了。行动是自信的源泉，就像心理学家所说，只要给自己一种行为倾向性，自信是可以获得的。

幸福从来不是免费的，
它需要在经历中获得。

自信也是被鼓励出来的，生活在一个特别有爱心、被支持的环境里，自信会很容易被培养出来。与我越挫越勇的成长环境不同，如果能够在成长过程中，找到一些对自己充满爱意、欣赏和支持的人，自信心的建立会更顺利迅速。

自信也是一种习惯，面对打击，也要相信自己，这种习惯性动作可以维持自信。幸福从来不是免费的，它需要在经历中获得。所以我们也要用行动、习惯来激励自己，最终让自己变成一个内心强大的人。

小时候，我是个爱憎分明的人，如果我讨厌这个人，可能一句话都不会跟他说。但是自从我自己开公司，需要和不同的人打交道后，我慢慢地发现，人与人之间没有什么解不开的仇怨。也开始明白，世界上有各种各样的人，百般不同的声音，谁也不会围绕着你转，不同的人要用不同的相处方式，不同的问题要用不同的解决办法。

之前常听“某某是个能人”，后来我发现，这类人并不是在自己感兴趣的领域里做得多好，而是能在自己不感兴趣的领域里也做得很好。

世间哪有那么多让人心甘情愿和心情愉悦的事？除非是好逸恶劳，娱乐享受。越有用的事情做起来越不舒服。

对现在的我而言，除非这个人有重大的人品缺陷，不然我都可以找到与之相处之道。可能有人会问我，这样会不会丢失了部分自我？其实并不会，因为我们是为了共同的商业利益而努力，而不是为了个人利益，这种相处方式并不会让人把自己变得更圆滑，丢失自我，而是会令人更加成熟，学会如何为了大局和团队去思考。

懂得世界并不是非黑即白，也会让人在处理和面对负面情绪时，有更深刻的体会。比如当我被误解的时候，经常有人问我：你不生气吗，不去反驳解释吗？我的回答都一样：在明知他们所说的并非事实的情况下，为什么要答复呢？用一个非事实的控告或者情绪来惩罚自己，得不偿失。

面对不实的控诉，无论如何解释都会很无力，我干脆选择不要解释。

懂得世界并非非黑即白，也会让人在处理和面对负面情绪时，有更深刻的体会。

积极心理暗示很重要

每个人都会有负面情绪，如何才能彻底摆脱负面情绪给自己带来的不良影响呢？

心理学家彭凯平对我的回复是：没有办法。这看似是一个很丧的回答，但其实是让我们不要刻意地去压抑或者忘掉负面情绪，而要用积极的情绪来替代、转移、升华它。越想忘掉负面情绪越忘不掉，只能转移或者升华到我们自己能够接受的事情上来，这个就是积极心理学。

“积极心理学”第一是要学会笑。一开始可能是装笑，后来可以变成真笑，对着镜子傻笑，找朋友去讲笑话或者是去看一些幽默的段子，都可以缓解焦虑、改变抑郁的心情。

第二是行动。让自己做一些有正面意义的行动，比如日常生活中的闻香、饮酒、唱歌，都有正面作用。

第三是去沟通、交流、表达。通过言语的沟通给自己带来正能量的影响。

第四是要寻找到属于自己的兴趣爱好，做一些有意义的事情，建立自己的社会关系网络。福流（我们投入的喜欢做的事情，在做事情的过程中能够达到物我两忘、天人合一的境界）也很重要，找到自己能够沉浸其中、忘乎所以的事情，就是最积极的人生。

很多时候，情绪的管理和心理建设就像是建造一座城堡。一砖一瓦，一草一木都是自己内心的挣扎和进步。但是城堡一旦建成，就可以成为抵御外界风雨、为自己的心灵提供休憩的港湾。如何才能为自己建立一座坚实的心理城堡呢？

我认为首先不要试图去影响和改变不喜欢你的人。因为很多人在认识你以前，对你本身已经有了一个刻板印象，和你做了什么不做什么，没有太大关联，只是通过外界和媒体描述，去加强或者改变他自己的看法。所以为了讨别人的欢心去浪费自己的时间是没有必要的，想让所有人都喜欢你、接受你更是不可能的，与其去试图改变不喜欢你的人，不如让喜欢你的人更喜欢你。

我曾跟一个在长沙的粉丝朋友私下聊天，问她为什么会喜欢我。她说因为看过我的书，赞同我的观点，知道我是一个什么样的人，了解我的为人处世，所以欣赏我。

在建立城堡的过程中，我慢慢学会把无关的人的想法不当回事，真正的朋友和亲人不会因为外人的看法而对你有态度上的变化。有时候这件事会是一个“试金石”，去评判我身边的人对我的态度，真正的朋友永远都会在你身边。无论外界怎么说，不会耽误我的工作，不会影响我的生活，往前走就好了。

负面情绪不一定都是坏家伙

在每一个人建立自己的内心城堡的过程中，遇到的消极情绪，就是完全有害的吗？

著名心理学家大卫 · 霍金斯（David R. Hawkins）把人类的情绪做了一个排比，羞耻感的伤害最大，焦虑和愤怒这种负面情绪反而有时是有正面作用的，比如面临大挑战的时候，一点焦虑感都没有往往也不会做好。愤怒也是，当受到欺负时，如果连正义之心都没有也不行，所以要正确看待自己的情绪。

情绪分为有利和有害，并且有等级之分。我们要预防会让我们丧失生命和行动力的负面情绪，如羞耻感、痛苦、冷漠等，但是其他有积极意义的负面情绪是不用消除的。反之，正面情绪也未必都是好的，比如自得自满。

我最喜欢山下靖弘的一句话：将负面的事和正面的事都用嘴吐露出来，由“口”“+”“-”三部分组成。如果不再讲负面的内容，“-”的部分就会消失，变为“叶”这个字，在日文里是“愿望成真”的意思。定个小目标，我们先从今年这一年开始努力不再对人抱怨、恶言相向。

爱、安定、满足，这些才是最好的情绪，这些让人温暖的情绪，也是我们建造城堡最好的材料。

我非常欣赏梅耶·马斯克（Maye Musk）。我们提起她，都会想到她的三个孩子，分别是缔造了 Paypal、特斯拉、SpaceX 这些传奇公司的埃隆·马斯克 (Elon Musk)，经营全美连锁餐馆 The Kitchen 的金巴尔·马斯克 (Kimbal Msuk)，演员、电影制片人托斯卡·马斯克 (Tosca Musk)。殊不知梅耶边带孩子，边攻读饮食学和营养学硕士，还经营着营养咨询公司，又为自己的模特事业打拼。梅耶 31 岁的时候，与丈夫的婚姻走到尽头，带着三个孩子举家从南非搬到多伦多，但是却遇到重重阻力：在南非的资产被冻结，一家四口挤在狭小的廉租公寓，还要身兼数职——在多伦多大学当研究员以求孩子可以减免学费、在模特公司当着廉价的随叫随到的临时工、攻读营养学博士、操心延续营养师事业……压力巨大，导致梅耶体重增加，最胖的时候有205磅。不过好在最后苦尽甘来。

在孩子们的事业都蒸蒸日上的时候，梅耶本可以安度晚年，但她偏偏就要折腾，过不一样的人生。60 岁时，她决定去纽约发展自己的模特事业，69 岁成为有史以来年龄最大的封面女郎代言人。如今的她，依然频频出现在时代广场的广告牌上。

梅耶一生挣扎求生，曾在许多时候失去信心，遭遇许多挫折，感觉自己好像陷入无边的黑暗，无法走出来。但她的人生秘诀便是重启。梅耶的一生重启过很多次，我们每一个人的实际情况总与设想存在差距，导致计划经常无法完成，这时候应该重整旗鼓，重新制订一份计划，并努力践行。我曾问过她：“如果有时空机可以把你送往过去和未来，或者留在当下，您愿意去哪儿？”她说：“就在当下。”这就是一个 70 岁女人自信的答案。

能打败一个女人的，绝不是破裂的婚姻和逐年增长的年龄，我们得始终保持前进的姿态，勇敢前行。

❀ 与梅耶·马斯克（Maye Musk）

**能打败一个女人的，绝不是
破裂的婚姻和逐年增长的年龄。
我们得始终保持前进的姿态，
勇敢前行。**

❋ 永观堂打坐

我的清零计划

很多时候，我的心里生活着一个从小就叛逆的丫头，她认为有趣比规则重要，要打破成规，要不断打破自己的舒适圈，去陌生城市生活。我知道不能拦着她，就像当年从上海到北京，再到香港、纽约，每一次都是艰难的适应与清零的过程，但每次又都是收获满满地回来。这个姑娘好奇心重、爱折腾。她不为外物羁绊，说走就走。我羡慕她有这种勇气，所以必须追随她。

2020 年我的清零计划是去日本“短期修行”。在日本，“短期修行”或者“住在寺庙”已经成为一种体验日本传统文化的方式之一。日本人称“住在寺庙里”为“宿坊”。

住“宿坊”，体验“短期修行”，一方面可以深入体验、参观很多并不对外开放的神社寺庙；另一方面也可以真正有一段“与世隔离”的时间，让自己静下心来，感受僧人们日复一日的生活——“在寺庙，做寺庙能做的最基本的事。”

有一位信佛的朋友曾经去过，每日的生活包括打坐、学习、扫地等。但据他介绍，其实整个过程并没有想象中那么“云淡风轻”，因为在那里，三四点钟起床去上早课，晚上九点下课休息，课余时间扫

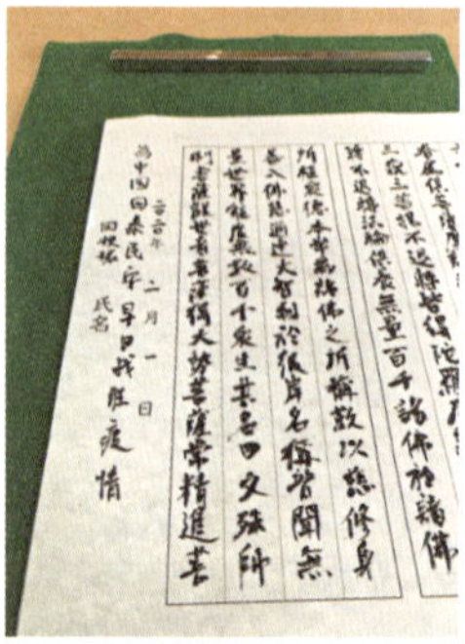

❀ 短期修行

地做些杂活，朋友作为一个很虔诚的佛教徒，在体验过这样的生活之后，都大喊“吃不消”。

听到这些，我个人却觉得这种方式，短则一周，长则几周，哪怕并不会产生很大的改变，都应该是一种很好的清零方式。因为一旦回归现实生活，社会对你就会有不同的定义，给予你不同的身份、角色，每天要面对不同的人和期待。

寺庙作为一个与社会相对隔离的地方，在这里每个人都会被还原成最普通的人，没有人把你特殊对待，没有谁是谁的员工。这种回归让人更容易找到本心。

于是我的清零之旅就在广岛的太光寺开始了，在 2020 年初，我在那里体验了 5 天的“短期修行”。在那 5 天中，我的每日行程都是一样的。早上 6 点起床，上早课。早课内容是听僧人师父念三遍经文。8 点 15 分，经文诵读结束，我们要去敲钟，祈盼战争永远不再重来。

敲钟后，开始进早饭。简单的早饭通常包括一碗粥和一碟小菜。在修行中，我和僧人吃一样的食物，感受他们生活的简单和清苦。我随身行李里带了几个苹果，平时没觉得多好吃，但那几天，吃到苹果都觉得幸福感满满的。还有一次，我难得吃到咖喱饭，激动得像是吃到了山珍海味。

之后便是冥想，抄经，写佛。那几日安静的生活给了我很大的感悟，与别人相处很难，但与自己相处有时更难，“短期出家”让我从一开始的难以静下心来到真正地观照内心，也跟一个阶段的自己说了再见，投身下一阶段的生活中。

Tips

Meme

提醒

在日本的寺庙体验生活，
大部分的日常活动和我体验到的类似，
是最基本也最精髓的禅宗修行，如冥想、写经、坐禅、
法话（聆听住持讲解佛教知识及禅宗文化）等。
所有修行都能起到平复情绪、凝集精神的作用。
再高级一些的修行里，
还会包括茶道、瑜伽、武道等。

另一种针对女性的很好的解压方式，
是心理学家彭凯平告诉我们的，
要充分利用女性的社交优势来解压。
第一，社交能力是女性的优势，
所以利用人际关系解压是一个特别好的方法；
第二，女性的语言天赋优势让女性
可以使用倾诉和表达来沟通。
反观男性不爱说话，做沟通治疗都不太好，
所以关系治疗、沟通表达的治疗，
对于女性都有独一无二的优势和魅力。
大家不妨试试。

人生都有高潮、有低谷，
一定要正确面对。
毕竟不管你面对的人生如何，
既然来了一遭，
就应该
全力以赴走好。

我认为现代人内心的焦虑是不能忽视的，随着生活压力的加重，患抑郁症的风险也越来越大。抑郁一直都存在，我们对它的看法和接受度也发生了变化。但是很多时候“心情不好”，我们需要怎样舒压呢?

彭凯平教授曾告诉我们，美国精神病学会发布的《精神疾病诊断与统计手册》（*The Diagnostic and Statistical Manual of Mental Disorders*，简称DSM），是目前国际上最常用来诊断精神疾病的指导手册，其中，对于抑郁症的症状有非常详尽的描述。怀疑自己有精神疾病的可以通过这本手册来进行自我测评，但它最终只是一个测评，而不是抑郁症的临床诊断，所以，一旦你发现自己有严重的抑郁症状，都需要寻求专业的心理咨询和医院求救，使用专业的方式来治疗。

但如果你只是轻微的症状，首先也需要看看自己有没有意愿去改变，如果有，这个疾病就好了一半。自我帮助的方法有很多：吃药、聊天、寻求亲友帮助、出门锻炼，还可以听音乐、欣赏自然、做自己爱做的事情。这些积极心理学的干预措施都是可以参考的。

人生都有高潮、有低谷，一定要正确面对。毕竟不管你面对的人生如何，既然来了一遭，就应该全力以赴走好。

用积极情绪来调节自己，
用积极情绪替代负面情绪，
让自己永远拥有
积极向上的力量。

用心理学来提高自身效率

可能有人认为，心理学是一门离自己很遥远、也没什么实际应用的科学。但实际上，心理学是智商在心理层面的一个重要体现，心理健康与否与一个人的智商、能力高低都有紧密关联。学习和利用好心理学，不仅可以解决我们内心的苦恼，还能在实际工作和生活中为我们提供指引和帮助。

比如，很多人都有这种误区，用一种二元的思维习惯认定情商一定和智商相对立。实际上并非如此，情商其实就是智商的一种体现。最早提出情商概念的是耶鲁大学现任校长苏必德（Peter Salovey），他认为情商就是一种情绪智力，人们靠理性和锻炼是可以提升情商的，这就与心理学的学习和锻炼息息相关。

如何培养情商呢？首先要认识自己的情绪，了解情绪的特性和表现。这是一个开始，也相当于心理学入门，所以学习心理学本身就能够帮助提高情商。

其次，培养同理心也很重要，能够了解、感受别人的感觉和感情，理解别人的情绪变化，这是重要的情商素质。这种行为方式，也是人类区别于其他动物的一个很大的不同。因为我们有同理心，所以不需要经历同样的事情，通过看小说、看电影、欣赏艺术作品来理解和体会他人的处境，这样的学习过程反之也能够帮助我们去更好地理解别人，成为一个情商更高的人。

此外，还要善于倾听，尽量去了解对方的意愿，与他人进行持续的沟通，通过阅读别人的各种语言进行交流。情商的提高与社交有着密切的关系，我们可以通过社交和别人产生联系，建立友好的关系，这样既可以提高情商，也可以在社交中验证情商判断的对与错。

最后，我们还要善于用积极情绪来调节自己，用积极情绪替代负面情绪，让自己永远拥有积极向上的力量。这是情商的一种很高境界的体现，不仅要让他人如沐春风，更重要的是活得自在，活出自我。

Tips

Meme

提醒

通过心理学的调节，
四个步骤可以缓解拖延症：

❀

第一，特别紧急的时候给自己一些目标。
有拖延习惯的人多有完美倾向性，但可以
给自己规定五分钟内必须干什么，用这种
小的短期目标，逐渐达成最终目标。

❀

第二，培养自信心。很多时候拖延
是因为缺乏信心。

❀

第三，一定要行动。有足够睡眠、
有运动习惯的人，拖延的概率要小一些。

❀

第四，要培养专心致志的习惯。
东一榔头西一棒槌，
最后什么都没做成。把时间留出来
就是暗示和强迫自己今天晚上就只做一件事，
把最重要的最紧急的事情放在最前，
一个一个去解决问题。

II

SELF-IMPROVEMENT

自我提升

·趁年轻，多吃苦·

这么多年，我一直记得外婆跟我说过的一句话，年轻时吃苦不算苦，到老了吃苦，那才是真苦。所以在我心里，无论遇到什么样的困难，不会觉得自己是在吃苦，相反，我觉得我是在为未来积福。

23 岁的时候，我从演艺圈转入了地产行业，一度不知道自己能做什么，也不知道未来在哪儿。这么年轻就放弃演员梦？我也号啕大哭过，几个晚上难过得睡不着，梦想和现实总不停地打架。在最初工作的时候，我会急得做梦都在跟人谈合同，那个合同我甚至都能背下来。

年轻时吃苦不算苦，到老了吃苦，那才是真苦。

但无论如何，我都明白，不管自己在做什么事，唯一的办法就是执着、认真。你付出的所有努力，终有一天会被所有人看到。

我在地产业，一做就是五年。那段时间，我坚信，我不是在给老板打工，而是在给自己工作。基于这样的认知，我不会计较工作得失，只会一心把事情做好，连工作相关的文件都是亲自送给客户，只为了尽快得到对方的反馈。苦心不负，我发现凡是我亲自去送文件的，对方的处理速度都会快很多。

还有一次，我为了将一份文件亲手交给客户，在客户秘书的办公室等了三个小时，三个小时后，秘书告诉我老板要午睡，让我出去等。在室外快四十摄氏度的高温里，我站了足足两个多小时。由于暴晒，我起了满脸的疹子。后来见到那位老板和他的秘书，着实把他们吓了一跳。但是，不管情况如何艰难，我还是把文件亲自交给了他。

当我开始创业的时候，我非常感谢自己做地产的五年。那五年不但为我展现了商业的面貌，给了我最初的职场锻炼，还让我的内心变得强大，成了一个自己对自己负责的人。

后来，我经常对我的员工说：“如果我找你做事，你千万不要不高兴，因为你有了一个多学习的机会，能够把自己变得更有价值。”而员工面对工作的态度，也会成为我考核他的一个重要指标。假若这个人面对工作充满抱怨，下次我可能就不会再给他工作机会了。这并不是“资本家”的剥削话术，而是我切实的体会。

·挑工作还是挑人？·

很多人问过我一个职场问题：如何挑选一份适合自己的工作？

我觉得这件事要辩证地看，如果你很年轻，就一定要争取各种各样的机会来锻炼自己，选到合适的工作会让你获得更快的成长。如果你的工作和喜欢的事情能结合在一起，那这就是最幸福的事儿，但是能拥有这种幸福的人并不多。如果不能结合，你就要在已经在做的事情里找到乐趣，找到乐趣才是获得更多回报的关键。

除了对工作的热情以外，与什么样的人共事和你做什么样的事同等重要。因为人无法离开社会关系而活着，如果你不喜欢你的同事，那工作就变成了一件很“折寿”的事儿。同样，跟对老板也格外重要，愿意教你的、放手让你做的老板，值得珍惜。

但是，我们不要从一开始就以挑老板为目的来工作，因为这件事可能得不偿失，也会显得很危险。挑老板是一门技术活儿，倘若你缺乏社会经验地积累，你可能很难确认是不是挑对了。

衡量一个老板好坏的标准并不是他是否赏识你，一个老板只要不是人品有原则性的问题，就是一个不能被“强制淘汰”的老板。对于员工而言，你不但没办法要求老板，甚至很多时候你的想法跟老板都有分歧。这时候，你既不能对老板的意见全盘接受——这是职场小白的做法；也不能跟老板对着干——那就没工作了。因为抱怨公司就是打自己耳光，更是在放弃脱颖而出的机会！

遇到这种情况时怎么办呢？你需要思考，老板和你的想法到底哪个更好。在我看来，只一味反映问题，是职场人的入门水平，而思考并解决问题，才是高水平。如果你有一个还不错的老板，但是你只是跟他意见不同，那你完全可以去寻找你们之间的一致与共鸣点，进而寻找出解决问题的最佳答案。

我刚开始工作的时候，和当时的老板就经常存在不同意见，我又很倔强，会再三思考后跟他沟通自己的想法，同时也会换位思考，在保全老板想法的情况下，也兼顾自己的一些意见。

不过，大部分老板都是比较自信的，而且可能老板跟你站的角度不同，了解一些你并不知道的信息。这个时候该怎么办呢？我的建议是不要去强硬地挑战老板的权威，但是可以给自己留出一个 B 方案，万一老板的计划不行，我的 B 方案能不能给他做一个补救？

后来的结果证明，这种办法是可行的，我的 B 方案还真的在关键时刻救了老板的急。几次三番后，我的意见就有了更多被老板采纳的可能，作为一个合格的职场人，只要能力更强，老板就更信赖和依靠你。

**只是想通过工作证明，我们很喜欢这件事，
我们也可以通过工作实现自我价值。**

为什么要工作？有很多人问过我这个问题。开公司，做商业，是为什么？你有了现在的生活，为什么还要靠工作来证明自己？谁是你的商业偶像，什么职位是你想要达到的成就高峰？

我没有工作偶像，我所做的一切都是为了自己。

这句话听起来有点自傲，但事实确实如此。我不是为了成为谁才去工作的，我工作的目的，是想看看靠自己的努力，我能达到什么程度。所以不管我在这条路上遇到什么挫折和诱惑，哭过笑过多少回，我都一直朝着自己的目标去努力。即使在这个过程中，会遭受很多歧视和不公，揣测和非议，我也并不害怕——因为我一直在踏踏实实地努力。

在日本体验生活的时候，我又重看了松下幸之助先生的书，敬佩松下先生高瞻远瞩的同时，更再度询问自己的愿景是什么。

职场女性现在共同面临的很多问题，都不太友好，作为其中一员，我也不可避免地遇到了。很多人认为，我并不需要用工作来体现价值，甚至觉得，女人嘛，在家照顾老公，带带孩子就好了，就不要出来拼事业，给男人添乱了。还有一些更坏的偏见——如果一个职场女性这么努力，那她一定是有什么野心，或者有什么不良目的。

说到底，这些怀抱偏见的人，从来没想过我们这些职场女性工作的最大目的，可能和任何一位职场男性一样，我们只是想通过工作证明：我们女性很喜欢这件事，也可以通过工作实现自我价值。

示弱有时是在变相进攻

这么多年的工作和创业经验，让我懂得了，作为一名女性，在职场需要坚持，也要适时示弱。

有一次，在与别人谈判的过程中，因为我实在太累，并没有如往常一样采用强硬的态度，反而在身体看似很虚弱的情况下，不断重复自己的诉求，最后获得了对方的支持。

这个结果，是一向作风强硬的我没想到的。后来，一个长辈告诉我，这叫示弱，人生和钢琴弹奏一样，并不是一味重音高亢才好听，强弱分明，策略交织才能获得更多。这些宝贵的人生经验，如果我没有踏入职场，是不可能收获的。

即便到了现在，当有人问我会不会一直工作下去，我会说，我会继续坚定不移地选择我想走的路，并且一直走下去。

我也很想跟所有职场女性说，千万不要把嫁人生子作为人生的最终目的，一定要在工作、生活中找到你的真正乐趣，这样你才能真正向外界展现真实的自己，找到自我。

曾有人说，没有爱好的人是最可怕的，因为这类人没有欲望，无法被征服。

在我看来，没有爱好的人确实是可怕的，但是可怕的原因不在于他无法被征服，而是他的人生少了很多生活的乐趣和色彩。培养一些爱好不仅可以愉悦身心，放松情绪，也能全方位地打开自己的视野。

我经常会在工作之余学习语言。

活到老，学到老，保持学习的习惯和提升学习力是每个人一生应该去做的事情。我对自己的学习从未松懈过，来日本前，我就决定这次的体验是要和语言结合的。因为不了解一个国家的语言，是无法深入了解和理解一个国家的文明的。虽然学习语言不是一件容易的事儿，日语也是出了名的入门易，进门难。但是这一切并不能阻止我坚定的决心：在日本，我一定要好好学习日语。

决心下好了，但是困难比想象的还要大。我的日语班一共九个人，除了我是零基础，其他人都上过两个月的日语课。所以开学考试我就交了白卷，课基本听不懂。我只好天天拼命练习，把单词和内容记在小本子上，抓紧一切时间复习。

可惜的是，我在日本的时间太短了，三个月的时间内，我无法熟练掌握日语，这多少是一份遗憾。

虽然我没能学好日语，但这并不阻碍我在学习过程中发现日语的美。这是唯一一种有两套语系标注的语言，阅读和书写可以是两套。其次，日语将繁体中文中里的部分汉字演化，和平假名的结合，让日语看起来很有空间感，文字间也有留白，书写看起来也很和谐。这些语言带来的美感都增添了我学习语言的兴趣。

离开日本后，因为缺乏语境，我很难继续深入学习日语。虽然日语学习没有那么深刻，但是我仍然觉得这是一次非常有价值的体验式语言学习，让我得到了很多非语言领域的收获。

爱好也会提升你的成就感。除了定期学习语言，装修也是我平时给自己找的乐趣。

我对室内设计的兴趣来源于 8 年前的一次被“嘲讽”。那时候我要装修自己的家，因为不懂，就请了专业人士来设计。结果设计师朋友就“嘲笑”我不懂设计、没有审美，就算给了我方案也不一定能弄好。看似是玩笑话，但是却一下子燃起了我的斗志，我心想，室内设计有什么难的，我一定要学会，不能让别人再这样“嘲笑”我。于是开始自学。

可能我天生就是一个不服输的人，一旦定了目标，就会竭尽全力去实现。在学习的过程中，我几乎看遍了纽约设计图书馆里的所有设计类书籍，在我当时的手机相册里，存的图几乎一半以上是户型图和设计图。那段时间，甚至到了随便看到一张平面图纸，我的脑子里就可以立刻搭建立体模型的程度，修改图纸、设计动线也成了我睡前或者旅途中的动脑游戏。

虽然当时只是想看看自己到底能不能学会设计，但没有想到真的进入仔细研究的状态，这个过程让我意外地快乐。室内设计和美学是相通的，我可能在肢体协调上较为笨拙，但是对和美学相

❀ 图片来源于《安邸 AD》，摄影师：朱海

关的，我都有着较强的领悟力，这也让我真心地爱上了室内设计。

后来的房子也是我一手设计装修的，从敲敲打打改造房屋格局，到细致筛选硬装的木料、石料、踢脚线，再到陆续添置家具以及装饰器物，哪怕是非常小的细节我都会亲自盯场。历时 4 年，我一步一步把毛坯房打造成现在人人见到都夸赞的模样。不少人一想到装修就心烦，但我是发自内心地喜欢，一开始研究户型图就精神抖擞，犯困的时候，图纸比咖啡还管用呢。这就是爱好的力量。

现在，当有朋友想要装修房子，都会来找我征求意见，甚至让我来出设计图，这在当初我被“嘲讽”的时候是完全想象不到的。我今年还打算和设计师合作，做一个关于室内设计和装饰的短视频，让更多和我一样对室内设计感兴趣的人了解和发现自己的兴趣潜力。我从一个被人“嘲笑”不懂设计的门外汉，到从零开始成了一个能够被信任的角色，这种成就感是不可言喻的。

真的，任何时候都不要害怕从零开始，就像我的朋友中田英寿曾说的，有时候，Start zero（从零开始）或许更好。

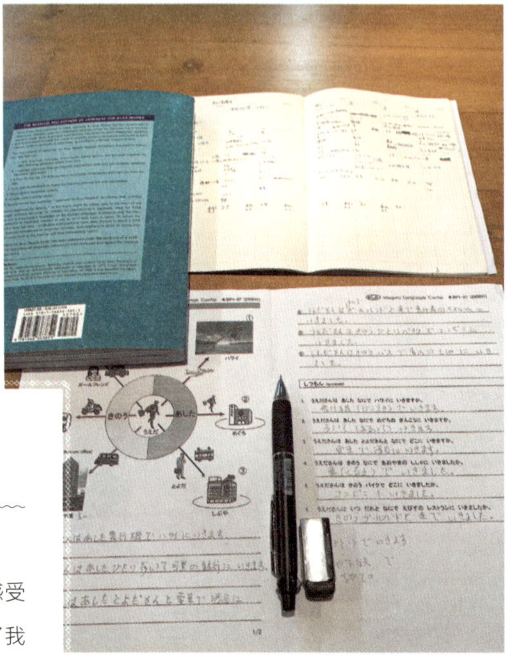

\# Meme 日记 #

坚持上完第一天的课，总体感受如下：班上一共九个人，除了我是零基础，其他人都上了两个月。课基本听不懂。老师不会英语，一个词都听不懂，她用更多日语去解释。布置的回家作业也只能靠猜，完全不会有人帮我辅导一下功课。

\# Meme 日记 #

这些日子在读俞敏洪老师的《我曾走在崩溃的边缘》。刚来寄宿的时候，这么凄凉的房间，加上两个小孩玩命的哭声，心情简直与书名绝配。但随着慢慢适应，正好读到新东方创建之初，没电没空调，大家晚上还要点蜡烛学习的情景，就不由感叹，这条件还可以，房虽小空调对着床直吹，关了热开了冷，俞老师的励志故事在前，怎能不快点适应？书在《中国合伙人》前出就更好了，能给电影提供多少好素材啊！现在我一侧头就能看见俞老师那张绝望中寻找希望的脸。书成了名副其实的“枕边书”。

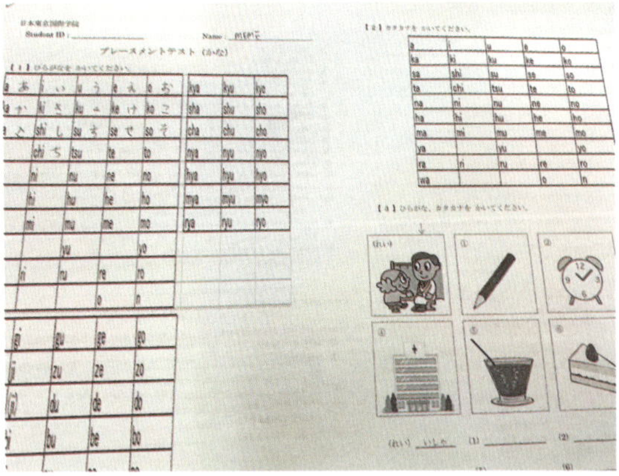

Meme日记

第一天入学考试，几乎交了白卷。下午 1:30—4:45（中国时间 12:30—3:45）正式上课（麻烦这个时间，没什么急事，请别找我）。既然选择上课，之后三个月基本每天都是这样。除了中间 7 月 11—15 号要回趟北京，其他时间不可以缺课，立字为证。

Meme日记

今天心情有点不好，班上九个同学，法国人、俄国人、马来西亚人、菲律宾人，每个人都学了两个月才来上基础班，只有我是真的什么都不会。然后拿手机拍黑板上的笔记，被老师批评上课不能用手机，放桌上都不行。全日文讲解的基础日语课，连个英文解释都不给，全靠猜。我大概是全班日语最差的，家庭作业也不会。现在头胀痛，要买的东西全记手上，脑子已经不过事了。

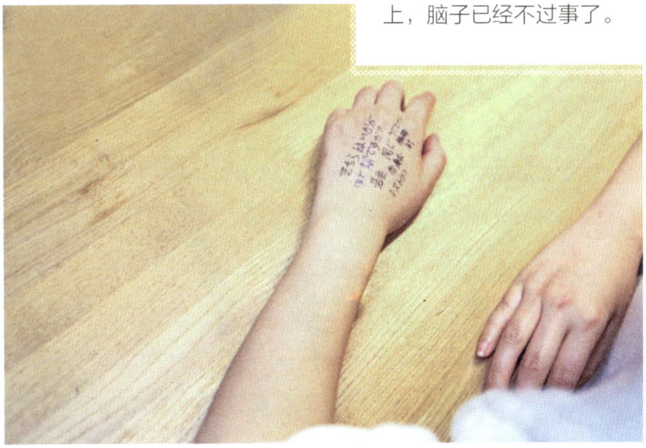

02

Social

找到真正的高价值社交

在我很小的时候，有一次无意间听见父亲说的一句话：“做梦都想要个男孩。”

我知道父亲并不是有意对我说这句话的，但这也是他内心最真实的想法。听到这句话，我非常难过，我已经是一个非常努力的女孩了，可仍旧没有办法改变千百年来的传统。那时我只有10岁，我告诉自己：我这一辈子，都不会依靠男人。

可随着年岁的增长，我逐渐意识到：男人和女人之间需要相互依存。我们都是群居动物，无法脱离社会而独立生活，甚至获得成功，我们必须相互帮助。

疫情控制住的时候，我们成立了一个平台，共捐赠出十七万个口罩到全世界。我认为，人之所以为人，正在于我们能给予彼此帮助和温暖。通过这个平台，我们又帮助了很多自闭症儿童和孤寡老人，这些都是我和我通过社交认识的一些朋友一起做出来的。

网络上有人说，如今这个时代的社交，就是几个女孩穿着精美的衣服，拎着漂亮的包包，在某个网红咖啡厅里喝下午茶。可回想多年以前，在林徽因的客厅里，也是一群人聚在一起谈论诗歌、小说、艺术，还有变幻莫测的世界。我觉得，这样的方式是一种信息的交换，将不同的圈子连接在一起，我们或许可以得到不同层面的认知，也可以获得另一层社交关系。

我在日本认识了一位律师，我告诉他我想捐赠口罩，他告诉我，这是一件很有社会公德的事情，于是他要陪我一起去解决法律层面的问题。如果换作其他律师，我可能还会有顾虑，这是需要付费的吗？可他的想法和我的是一致的，是真正想要为社会做贡献，并不是追求什么经济效益，那一次他帮我免费解决了很多法律层面的问题。再后来，每当我们公司有一些项目时，我自然而然地就想到了他。这就是我理想中的社交，可以带来快乐，增长知识和财富，对社会做出贡献。

曾经，我很害怕那种满是陌生人的社交活动，他们说着我不感兴趣的话题。有一回我在西雅图参加一个活动，来的都是社会名流，我端着一杯水参与着他们的话题，谁又得到了多少选票，下一任州长又是谁，但其实我并不关心。这时，一位大使夫人靠近我，问我从哪儿来，我说北京，她便说她也是从北京来的，于是我们两人像说家常一样开始聊起了北京的天气、饮食和学校。很快，我的局促和紧张就消失了。

这件事对我的影响很大，其实社交就是一件很简单的事，只要两个人觉得舒服，就能放松地沟通，所以如果你真的想认识什么人，那么就从你和他的共同点入手，或者从他感兴趣的话题开始，我觉得这就是成功的社交。

很多人将社交赋予很多目的性，从而打造“高价值的朋友圈”。我以为高价值的朋友圈，并不是以你的朋友圈里有多少有钱人为标准，而在于他们是否能拓展你的阅历，是否对你的人生有所帮助。假如你认识一个有钱人，而他整天带着你

好的社交管理可以帮助我们告别人际交往中的无力感和焦虑感，彻底掌握自己的生活。

灯红酒绿、夜夜笙歌，那么你又能在他身上学到什么呢？而如果你认识一个热爱读书、喜欢电影的人，你们彼此分享最近的收获，是不是又能提升你的思想境界呢？

或许我们认识新朋友时，都会或多或少地含有一部分目的性，但我并不认为这样不对，毕竟我们都希望这段关系可以给彼此带来快乐，带来提升。

在当下的社会中，社交越来越重要，它是我们拓宽人脉，了解更大的世界的重要途径。但我们也可以发现，很多人虽然忙碌于各种社交，却并没有提高自己的社交质量和生活质量，这个时候我们就需要社交管理。很多时候出现问题正是因为我们没有找对与人沟通的方法，好的社交管理可以帮助我们告别人际交往中的无力感和焦虑感，彻底掌控自己的生活。

I

SOCIAL

日常社交

·从尬聊能手到社交高手·

和大部分人一样，童年的我渴望成为视觉焦点，喜欢表达、抢戏，不给别人表达空间。

进入成人世界之后，我发现，这种性格在社交上非常吃亏，它极易造成一种所有人都吐槽的社交窘境——尬聊。尬聊是我们在社交中极易遇到的情景，它往往发生在两个人忽然都立在那里什么话都说不出来，又不好意思转身走开的时刻，“我该说什么？”“我这样是不是不太好？”“他会不会觉得我是一个特别不会社交的人？”在这种让人尴尬的空白里，双方内心都翻涌过无数想法。

喜欢表达的人往往很单纯，他们不打算掩饰自己，相信坦诚做人才是理所应当，认为社交就应该把真实想法都展示出来，想在第一时间把自己的所思所想全部直接表达给对方。

不过，社交不是面试，它是一种双向交流，和面试这种展示自己、说服对方的单向交流不同，一味展现自己是对双向交流的破坏。

双向交流的秘诀是找到那些能够让双方持续下去的共同话题，而两个人都感到舒服则是双向交流成功的关键之一。因此，它的要点不是展现自己的价值，而是让对方展现出他的价值。我之前为什么在社交中总是遇到尬聊，恰恰因为我忽略了这一点。

社交的要点不是展现自己的价值，而是让对方展现出他的价值。

完美的双向交流是一种基于共同话题的平等对谈。如果想要避免尬聊，我们平时也应该收集一些说出来就很有话题性和容易引起共鸣的交流主题，这些共鸣感强的交流主题一定是平等且努力就能够持续下去的。比如收入这个话题虽然牵动着我们每个人的内心，但它就不适合作为共同话题带入到社交之中，因为收入是有阶层感的，一旦公布容易带来强烈的阶层差异，从而引起尴尬。

在社交中，最可怕的是触及别人的隐私与不想谈论的话题，所以，我寻找的话题是被大家默认公开的。如果对方是女生，身材、皮肤、手，是适合双向交流的共同话题。比如："你的手很漂亮，有什么保养秘诀吗？"

另一件非常重要的事情就是，尽量找到对方的优点。比如，这个女孩肤色是那种流行的小麦色，她会滔滔不绝地回忆自己懵懂时期以白为美，并因此自卑，长大后，她是如何改变这种认知，并获得今天的自信。

高矮胖瘦、皮肤好坏这些话题常常伴随我们的童年、工作、婚姻等人生关键节点，交流这些话题，其实是间接在交流对方的整个人生。我们聊起这些话题非常容易，并且能进入对方丰富的人生体验中，一旦这种话题展开，你们之间永远不会出现冷场。

少说话有时也是智慧

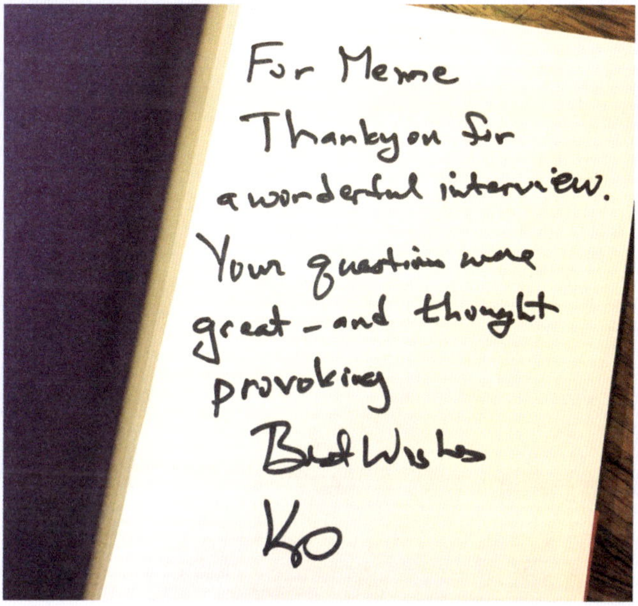

❀ 基普 · S · 索恩（Kip Stephen Thorne）给我的留言

我总是忍不住要表达自己，于是慢慢养成一个社交习惯，就是在参加社交之前，先提醒自己少说、控制自己的表达欲，在这个前提下进行交流。说到底，摆脱尬聊的最好办法就是学会诱导和倾听，激起他人表达的欲望。

因此，在社交之前，做足充分的功课便显得尤为重要。

因为好奇五维世界，我对物理非常感兴趣。我至今记得一次愉快的交流是和电影《星际穿越》的科学顾问、天体物理学家——基普 · S · 索恩（Kip Stephen Thorne），他也是 2017 年诺贝尔物理学奖得主，引力波的发现者之一。因为那部电影我看了四五次，我在邮件中说出了很多对他科研的了解，并表示希望他能接受我的采访。不难想象，他很愉快地同意和我见面，我们聊得非常好。后来，他还在纸上写了：“你的采访很精彩，也让我特别激动。”

能非常愉快地进入双向交流的前提是你对对方非常了解。比如知道对方的职业，如果对方是个心理学家，你就会说：我对心理学不太懂，您能跟我讲讲心理学到底是怎样的一门学科吗？我们现在总是有很多生活焦虑，有什么方法能够排解？那么作为一个心理学专家，他就会很愿意跟你分享这些。再比如，对方是个作家，你就可以问他最近写了什么，有什么新故事；或者问他最喜欢的作者是谁，为什么喜欢他的作品？

消灭尬聊并不困难，一个关键便是在每次社交之前都要把社交当作考试一样进行准备，极大可能地控制你的自我表达，多把话题引向对方感兴趣的领域，这样你们就能愉快地进行双向交流了。

Tips

Meme
提醒

❀

学会微笑，亲和力是最有
吸引力的特质之一。

❀

聊天的时候少用“我”，
多说“你”。

在这个时代，无论是工作，还是社交，人们越来越喜欢线上进行沟通。当所有人都试图在线上搞定问题时，我自己的心得恰恰是在很多时候要尽量敢于在线下解决问题。因为一部分情境下，线上的沟通具有一定的局限性。

不知道你有没有遇到过这种情况：老板给了你一个客户的工作微信，要求你去和他谈你们接下来的项目，在这个项目还不是很明确、与客户的意向还没有充分达成时，你首先最希望的是对方微信不通过自己；即便通过了，也会希望对方尽快拒绝。有时候直接被拒绝，反而让你觉得松了一口气，因为你的畏难心理已经消除了，不用忐忑不安地再去等待对方怎么回应了。

其实，倘若我们出现这种一遇到失败就放弃的状态，对方便会觉得你根本不适合和他对话，不但这一次，以后他也不会再对你建立起好感，除非再发生颠覆性的事情。

滋生这种沟通僵局最频繁的地方就是线上联络，因为比起电话、见面这种不得不去面对彼此的沟通方式，线上联络不是必需即时的，因此，如果对方突然不回，你也无法在第一时间进行追问，轻而易举的放弃和推脱就会频繁出现。

我是一个出差非常频繁的人，也是因为我发现了线上沟通的弊端，深知沟通中直面彼此的重要性。

“你好，我是田朴珺，我今天来和您谈谈关于某某项目的事情。”即便我当下因为某种原因出不了差，在那些不是仅仅告知一下时间地点，而是稍微复杂、需要进行一番探讨的事情上，我也会尽量通过电话而不是线上去进行沟通。

这种沟通有两个非常重要的优势：一个是因为线上沟通盛行，没有代价的廉价沟通越来越普遍，面对问题，很多人要么打哈哈，要么直接忽略，而更多的人则对这种方式越来越习以为常，这时，如何重新获得他的注意力和专注度，就显得非常重要。直面正是有这样的好处，让对方无法轻易忽略掉你，当你选择直面，会给对方留下非常深的印象。

二是，无论如何，虚拟的网络环境都比现实世界更容易让人不负责任，因此，如果是见过面，或在电话里沟通过，一定会比仅仅在线上沟通对彼此怀有更强的责任感，你们将更看重彼此之间的承诺，这永远是线上沟通无法取代的。

Tips

Meme

提醒

如果要沟通，不管你多么害羞，

为了增加有效性，

一定要尽可能去进行那种

能够看着对方眼睛的沟通。

眼睛能够给人留下极其深刻的印象，

你坚定的眼神会给你增加

超出你想象的沟通砝码，

当人人都在用虚拟的、

难以让人产生责任感的沟通方式时，

你的反其道而行之

将大大增加你脱颖而出的胜算。

“陈总，您要不要继续今天和X小姐的饭局，她不知道您今天时间是不是可以，她说如果您不可以也没关系，她再等您的通知。”

由于工作关系，我和很多企业家都打过交道，这段对话发生在一个企业家办公室里，那时我正和他谈项目，他的秘书和他就一顿午饭该跟谁吃进行简单的交流。

在这段对话里，我们能看出这么几个事实：第一，关于这顿午饭该怎么吃，其实在之前陈总已经和秘书协定过。第二，即便有了协定，可无论是秘书还是X小姐，在这位老总面前都是不敢做决定和拍板的人，她们还会担心陈总变卦或者临时有别的事情，需要反复确认他的时间，为的就是表示：“如果您临时有事，我可以为您变动自己的时间，以您的时间和想法为准。”

大多数人非常尊重权威、尊重名人、尊重陌生人，有时候生怕和他人产生冲突或者让他人不愉快、不舒服，我们和他人打交道的时候，常常是小心翼翼的，为他人可能会有的一点点不开心而担心和焦虑。

某种意义上，你会觉得这样做是表现出了自己的礼貌，但事实上，这是我们面对沟通时焦虑和紧张的体现，这种不敢做决定、反复确认常常会让对方不能放松，觉得很累。他们感受到了你的紧张，也跟着不由自主地提醒自己，是不是还应该照顾一下你的情绪，更有人因此被搞得很烦躁和叛逆，干脆把约定破坏掉，行使一下自己心里的恶意，毕竟“可怜之人必有可恨之处”。

大女主剧成为这几年大热电视剧的热门类型。大女主剧有一个特别大的特点，那就是制造爽感。所谓爽感，就是大家越来越倾向于直接、快速地获得问题被解决的快感，在这种不断通关、所向无敌的过程中，享受过瘾、愉悦的观赏体验。

手机让我们的生活更加便捷，更容易得到我们想要的，无论吃喝玩乐，我们不需要付出太多体力，就可以被随时上门的送餐员、快递员满足。

事实上，不只是普通人，我认识的很多大人物在今天这个社会远比绝大多数人更迷恋简单高效，因为他们面对的事情更多更密集，所以对于剧里那种快速解决问题的爽感的需要，他们比普通人更胜一筹。他们的沟通方式和做事方式往往倾向于那种一旦决定，就明确地执行下去；一遇到困难，就立刻去解决。他们喜欢看到事情不断在推进、不断被搞定。

因为发现了现代人对于爽感的追求，知道大家会被简单高效解决问题带来的爽感所吸引，因此，当我面对一些品牌高管，说服他们为我们的项目冠名时，我从来都不会像很多销售那样一味诉苦，试图用辛苦去博得对方的认可。

因为在做别人下属的时候，我曾经跟过的一位销售就是这种气质，每次当他去跟客户汇报方案时，总会不断讲这个项目大家做得多不容易。他说这些的时候，我能明显看到对方的表情是极度不耐烦和抗拒的，因为坐到这个位置，谁都不容易，谁都要面对一团麻的种种困局。他的生活已经一片混乱了，如果你再用这种负面情绪让他重新回到自己的焦虑日常，他就会特别烦躁。

从那以后，我的沟通方式就变成了报喜不报忧，制造乐观情绪和释放我能搞定的信号。在他一团乱麻的生活中，当我表现出很自信、很直接的特质时，就像看剧一样，他会特别有爽感，觉得我是他生活中的一抹亮色，会特别愿意和我沟通，让我为他解决问题。在一个效率已经被移动互联网大大提高、都喜欢爽感的年代，如果你是那个能提供爽感的人，那么，大家一定会像追剧一样，喜欢和能提供爽感的你打交道。

不难注意，我们看到的大人物都非常喜欢把助理或秘书带在身边，这位助理或者秘书一定有两个非常显著的特点：一个他们是大人物非常熟悉的人；另一个是他们很懂得察言观色并且在社交上相对主动，在大人物和他人交流时，他是那个会凑上去认真聆听的人，在需要的时候可以帮他们解围。这说明了这些大人物在社交这件事上对他们有很强的依赖性，需要他们帮忙垫话、拒绝以及活跃气氛。熟人和易沟通的人是在生活、工作等需要社交时的最优选择。他们组成的舒适地带通常是大人物大部分交流、问询的对象，同时，遇到考虑该给谁机会、让谁晋升时，大人物也会优先考虑这个范围内的人选。

有一种人格叫作“桃子型人格”，他们像桃子一样，外皮薄，内核硬。桃子型人格善于和人打交道和沟通，懂得怎样用第一句话、第一印象立刻博得他人的喜欢。

与之相反的是“椰子型人格”。椰子壳很硬，但椰子里面的空间却又大又软。和椰子打交道很难，但如果你一旦攻克，那么得到的结果将是一劳永逸的。一旦习惯你，他们就不会轻易离开。椰子型人格很难接受新人，因此，我们一旦和他们建立起良好的社交，将会长久获益，不会轻易被他人取代。

了解了椰子型人格在和人打交道时对舒适地带的依赖，你就会明白很多时候为什么你那么努力，机会却不属于你，因为椰子型人格会视而不见那些可能让他感觉不适的人，而一直只和那些让他没有压力的人相处。

决定我们命运的人并不是看不到我们的努力，而是他们的处事习惯导致的。如果我们了解了椰子型人格的这种特点，那么也就能意识到自己因为不懂社交错过多少机会。

决定我们命运的人并不是
看不到我们的努力，而是他们的
处事习惯导致的。

九型人格 Enneagram

完美型

凡事都要求过高——对身边人要求也高
原则性强——必须遵守，不妥协
不畏强权，敢于挑战权威
常用语：应该 / 不应该、必须 / 否则、对 / 错

助人型

乐于付出，不懂拒绝
容易被操控，缺少主见
喜欢被人依赖
常用语：好不好、行不行、你觉得呢？

成就型

不善于表达内心感受
为达目标不择手段
渴望自身成就“工作狂”
常用语：我可以、绝对可行、绝对成功

自我型

渴望与众不同
感情敏感，情绪化
占有欲强，常嫉妒羡慕，很自我
常用语：我认为、我觉得

理智型

喜欢思考，追求知识
理智
喜欢独处
思考代替行动

疑惑型

过分谨慎，凡事做最坏打算
疑虑多，担心多
不喜欢受人重视，安于现状
常用语：万一、我担心、有什么问题

活跃型

乐观，不易发觉身边的问题
害怕重复，喜欢新鲜
不轻易承诺
没有阶级观念，忽视权威
以自我为中心，很少在乎他人感受

领袖型

喜欢有很多人追随
不依靠任何人，不让人轻易接近
喜欢控制大局，做事果断
常用语：干掉、就这么定了、先行动

和平型

忍耐力强
不爱做决定，自我意识弱
注意力不集中，容易放弃
常用语：都可以、我无所谓、你说了算、随便

九型人格沟通法
Enneagram

近十几年来，“九型人格”性格分析已经成为风靡欧美学术界及工商界的热门课程之一。全球500强企业中很多都以此来培训员工、建立团队，以提高执行力。了解“九型人格”，可以帮助我们学习如何与不同的人交往沟通及融洽相处，从而在生活和工作中拥有更强的洞察力和更好的社交成果。

九型人格按照人们的思维、情绪和行为，将人分为九种：完美型、助人型、成就型、自我型、理智型、疑惑型、活跃型、领袖型、和平型。无论你的老板属于哪一种类型，你都可以找到与他交往的最佳方式，成为让他感到舒服的那个人。

如果你的老板是尽善尽美的完美型人格——

完美型人格
Perfectionist

完美型人格拥有极强的原则性，认为对就是对、错就是错，很难轻易妥协。他们追求公正、节制、效率，同时又高度自律，凡事都要求尽善尽美，并且会不断反思、改进自我，甚至纠正其他人的错误。

遇到完美型人格的老板，首先要做到的是在专业方面脱颖而出，只有精益求精、力求完美的工作态度才会成为你的突破口，让老板注意到你。处事严谨、追求效率的老板，有时候可能会忽视人际交往方面的问题，如果你可以在饭局上适时地递两句话，活跃下气氛，相信老板会愿意带你出席更多场合。

如果你的老板是乐于付出的助人型人格——

助人型人格
Helper

助人型人格尤其渴望被爱、被需要，他们格外追求良好的人际关系，愿意迁就他人。这一类人感性、热心、友善、随和，很在意别人的感情和需要，乐于奉献，看到别人满足地接受他们的爱，才会觉得自己活得有价值。

这种类型的老板，更喜欢配合度高、关系融洽的团队，如果你恰好是一个喜欢团队合作、善于活跃气氛的“团宠”，那你找到了一份让领导和自己都感到舒服的工作。当然，任何工作的前提都是对本职工作的专业负责，但如果在项目的各个节点上，可以多多征求老板的意见，让老板觉得自己很重要，或许可以让他注意到你。

如果你的老板是自信好胜的成就型人格——

成就型人格
Achiever

成就型人格拥有强烈的好胜心，喜欢权威，注重形象，特别在意自己在其他人面前的表现，常有意无意地与别人比较，成就感是他们衡量自我价值的标准。

这类人充满自信、活力，有强烈的目标感，往往具有工作狂、野心家的特质，追求与众不同，希望能够得到大家的肯定，成为所有人注目、羡慕的焦点。

这种工作狂老板，会更喜欢富有创意、愿意接受挑战的员工，条条框框在他看来都不是事，够自信、有魄力、能雷厉风行地出色完成工作才是打动他的不二法门。

如果你的老板是浪漫主义的自我型人格——

自我型人格

Individualist

自我型人格的人往往比较内向、情绪化，喜欢幻想，追求浪漫，有着独特的品位和创造力，常常觉得不被人理解，占有欲强，我行我素。他们害怕被人拒绝，又多愁善感，容易滋生忧郁的情绪，喜欢讲不开心的事。他们想创造出独一无二、无与伦比的形象和作品，所以总在不停地自我察觉、反省自身，并始终自我探索。

这种艺术家性格的人，往往需要更高的关注度，同时要求身边的人具有更好的审美和创造力。不怕你有个性，就怕你面目平庸。在聚餐时，可以尝试聊聊过往的旅行经历、印象深刻的演出舞台、偏爱的艺术画展等，或许会让你得到更多机会。

如果你的老板是善于分析的理智型人格——

理智型人格

Thinker

理智型人格热衷于追求知识，善于分析问题、建立理论，并以此为行动准则。他们往往以旁观者的角度看待世界，性格比较孤僻，相比于行动，更擅长思考分析，对精神世界要求较高，但不擅长表达内心感受。这类人通常条理分明，含蓄温和，有学识，但是给其他人的感觉可能会有些冷漠疏离。

这种性格的老板，往往更喜欢条理清晰、富有逻辑性、工作完成度高的员工，同时这种性格的领导可能会在日常的人事管理方面比较松懈，所以在日常工作中，展示出组织、管理的能力会是你进阶的关键。

如果你的老板是责任感爆棚的忠诚型人格——

忠诚型人格
Loyalist

忠诚型人格更加务实守规、信任权威，喜欢跟随权威的引导做事。他们具有强烈的团队合作意识，希望得到他人的支援，追求安全感，渴望达到他人的期望，拥有强烈的责任感。同时，这一类型喜欢群体生活，渴望被喜爱、被接纳，但不习惯受人关注，比较安于现状，不喜欢转换新环境，也不轻易相信别人。

如果你的领导恰好是忠诚型人格，那遵守规则、脚踏实地、严谨务实才是让他们感到舒服的特质。这类人往往比较慢热，在相处过程中，“靠谱”是你最需要展现的特质，如果你可以在工作中提供足够的安全感，他们就会觉得你是那个对的人。

如果你的老板是追求快乐的活跃型人格——

活跃型人格
Adventurer

活跃型人格外向乐观，多才多艺，追求潮流与新鲜感，并且会花精力去钻研，不喜欢承受压力，会回避负面情绪。这类人喜欢享受愉快轻松的生活，乐于创新，具有自娱与娱人的特质。他们更喜欢情绪饱满、昂扬的环境，所以总在寻找快乐、体验快乐的过程中。

这种性格的老板一定是团队里的“鸡血担当”，相信整个团队的气氛也一定是轻松舒适的。但是因为这类人格通常会忽视负面情绪和不利信息，所以如果你是那个可以“兜底”的人，是所有问题最后的“屏障”，那你就会成为团队里的“底气担当”，是老板永远第一个想到的“自己人”。

如果你的老板是充满支配欲的领袖型人格——

如果你的老板是低调友善的和平型人格——

领袖型人格
Leader

这类人是天生的冒险家、掌舵人，更适合自我创业。他们追求权力，凭实力说话，不依靠他人，富有攻击性和正义感。相比于服从权威，他们宁愿另起炉灶，自己做主。领袖型人格是绝对的行动派，碰到问题马上会采取行动去解决；追求独立，一切全靠自己，并且希望带领大家走向公平、正义。

遇到这种喜欢掌控一切的“天生的老板”，服从是第一要务，一切特立独行的跳脱想法最好都往后排。这种强势的老板或许很少注意员工的想法，你不妨在已有方案之外，提出一些有亮点的细节事项，在服从的前提下，展示自己的个性，告诉他“我是一个有用的人”。

和平型人格
Peacemaker

和平型人格很难去拒绝他人，遇上需要做决定的事会犹豫很久；为人温和友善，不喜冲突，忍耐性强，个性淡薄，不爱出风头，但同时也不懂得如何宣泄情绪、表达不满；希望可以和他人和谐相处，避免一切冲突与紧张，维持美好的现状。这一类型人格会忽视让自己不愉快的事物，并尽可能让自己保持稳定平静。

虽然我觉得和平型人格的老板比较少，但如果你遇到了，可以先暂时收起自己的锋芒，观察一下团队氛围。通常来说，和平型人格在创造性工作方面会比较弱，所以在工作中有更多想法、更多创意，同时保持低调稳重的个性，或许会让老板觉得更舒适、更可信赖。

吃饭在我们的社交生活里扮演着非常重要的角色，我们大部分关系都是在吃饭时建立和加深的，在餐桌社交上，如果你想表现得体，给别人留下好印象，就要努力让自己成为一个能够主动帮助他人的角色。从一件件小事开始做起，在社交场上你就会越来越如鱼得水。

什么样的餐饮能够制造更多和别人沟通交流的机会呢？那真的没有比火锅、烤肉更合适的了。

火锅、烤肉不仅为你制造了大量帮助他人、获得主动权的机会，吃火锅或烤肉时，当你们感到无话可说，你还可以干脆不把注意力放在交流上，而是转移到帮助他人烤肉或者往涮锅里加菜这件事上："这个很好吃，我多为你放一些，你来尝尝！"

如何能让和你吃过一次火锅或烤肉的人永远记得你？我想起了一个朋友。无论工作还是社交，这位朋友都有一个好习惯就是主动照顾其他人。每次跟他一起吃火锅，他一定是主动给所有人涮肉的那一个。我们的饭局也因为他而倍感舒适，大家也习惯了他的存在，以至于在没有他的火锅局上，才意识到他的存在是非常难得的。

当饭局上都是晚辈、下属等人时，你主动担当照顾别人的角色，一定会被称赞。反之，在饭局上如果你面对的是长辈、领导等人时，他们也会被你的细致和体贴打动，觉得你懂人情，是非常靠谱的人。

II

COMMUNI-
CATION

餐桌沟通

在餐桌社交上，如果你想表现得体，给别人留下好印象，
就要努力让自己成为一个能够主动帮助他人的角色。

Tips

Meme
提醒

❋

给人递水递饭一定是双手。

❋

帮人倒茶倒水之后，

壶嘴不要对着别人。

在社交场上，最可怕的情形是进入攀比的竞争中，尤其是在饭局上，炫耀自己吃过的山珍海味“哎呀，这个鲍鱼真不错，上次印象最深刻的还是在美国那家著名的米其林餐厅吃到的，因为上过《主厨的餐桌》，所以那家餐厅特别火，我们托当地报纸的美食编辑才订到位置……”你可以想象这个饭局有多么可怕，大家很有可能就会纷纷进入到攀比状态。

社交中，我们要多利用食物来缩短人和人之间的距离，打破身份上的紧张。无论在正式宴会还是在家庭聚会中，我们应该尽量去寻找那些能够带来温暖记忆和朴实感受的食物进行交流和畅谈，它们会迅速让所有人放松下来，进入到平和而不是攀比炫耀的状态里。只有在这种状态里的社交才是走心的、没有侵略性的、让人回味的。

宴会上一定会有一些相对比较贵的食物，在这种食物面前，我自己的心得是尽量少发表意见和评论。而在面食、红烧肉，哪怕是一小碟增加味感的榨菜面前，则可以尽可能地表示出赞叹和喜爱，这不但会让你显得非常亲和，也会让大家感受到你是一个热爱普通生活，享受过很多家庭温暖的人，因为这些食物代表的就是细水长流但平凡动人的家庭生活本身。

筹备家宴也成了当下最走心的社交方式，用你的好手艺，做一道浓油赤酱的红烧肉、一碗浇头丰富的苏面，或是皮薄馅满的家常饺子。这些食物自带情感和记忆的力量，是真正容易让他人印象深刻和感到难忘的。同时，它们也绝对是最能拉近客人和你之间距离的法宝。

在社交中，我们要多利用家乡菜缩短和他人之间的距离。走心的家常菜会让客人真的记住你家的味道，把你的家嵌入他的情感地图里，而不再把它看作是与自己无关的别人家，一座有距离感的房子。外面的饭菜再好，也吃不出家的味道和温馨。人间烟火是我们最渴望的温暖。家宴，才是最高级别的款待。

喝酒是餐桌上不可以缺少的构成部分。人们常说“感情都在酒杯里”，但感情归感情，酒喝多伤神又伤身，那么在酒桌上如何避免被灌酒？如何不喝酒却还能增进彼此的感情，还让所有人都很喜欢你？

因为酒精过敏，以及我皈依的“五戒”里包括了戒酒，迄今为止我从来没有喝过酒。你也许会问，一个不喝酒的人该怎么社交？

我做房地产时，因为要和很多领导打交道，喝酒一定不能避免。记得有一次，一个老领导忽然从能坐二十几个人的圆桌上举着酒杯走过来，坐在了我的旁边，“你得把它给我喝了。”他用一种长辈对待晚辈的语气要求我。

我们当时正在谈一个重要项目，这位领导是这个项目的负责人，如果拒绝，我们可能会失去这个机会。

当时，我环顾了一下四周，发现在服务台那里有一个醋瓶，领导端过来的是一杯红酒，红酒和醋的颜色非常接近，我请服务员给我杯子里倒了和老领导杯子里的红酒同样多的醋。我告诉这位领导：“我酒精过敏，您过来敬酒，我深感愧疚，您是我很敬重的领导，我却没有办法陪您喝酒，为了表达我的诚意和愧疚，这些醋我干了。”喝醋很难受，我不提倡，但在当时的情形下，那是我唯一可以想到的方法，我就直接拿着装着醋的酒杯跟他碰了一下，在众目睽睽下，把这杯“酒”一饮而尽。

做完这些，同事也帮我解围，我听到了掌声。那位领导对我的印象非常深刻，他看出来了我是一个非常直爽真诚的姑娘，加上我的努力，那个项目推进得特别快。

可能这只是个例，不喝酒却得到了比喝酒还好的社交效果。其中重要的原因，是我在这个过程中表现出了自己的担当。

酒桌往往是筛选优质生意伙伴的地方。对于一个成熟的商人而言，通过喝酒，他可以看出你懂不懂人情世故，知不知道如何博弈，会不会照顾他人的感受。

看似我在酒桌化解了尴尬，其实在传递一个信号，那就是：“我是有担当的，我是靠谱的，如果在合作对象需要或者遇到难处的时候，我有魄力挺身而出。和我合作吧！我是有胆识又值得信任的人！”所以，我虽然没有喝酒，却获得了比喝酒更让人赞叹的社交效果。

对于一个成熟的商人而言，通过喝酒，他可以看出你懂不懂人情世故，知不知道如何博弈，会不会照顾他人的感受。

酒桌有时并不需要真枪实弹

对于女孩而言，在饭局一开始闲聊时，如果有人称赞你非常漂亮，或者一些容貌、体形上的变化，你可以顺势和他说：“哎呀，这可太不容易了，我是易胖体质，是那种喝水也会胖的类型，瘦对我而言非常不容易。”或者“我真的比以前好看了吗？可能我最近在减肥吧，所以脸稍微瘦了一点，但对我而言，减到今天真的花了很大的力气。”接着，你可以告诉他，你为此几个月不吃晚餐，不喝任何带糖的饮料。这一切都是为了在他人向你敬酒的时候，有理由可以真诚而温和地拒绝他。

“来，陈小姐，我们喝一杯吧！”

“对不起，我确实酒精过敏，喝酒特别难受，医疗公众号还写过这种过敏会有生命危险。”

当你说出这些，你的拒绝可能有点让人不舒服，即便他知难而退，也会心中留存尴尬。这个时候，我们就要在拒绝之外，做出一些牺牲，给对方面子：“林先生，不能陪您喝酒，我特别愧疚，您看这样吧！这里有一杯蓝莓汁，我已经不吃糖很长时间了，但今天我以它代酒，为此，我可是又要四五天不能吃晚饭，饿着肚子才能减下去啊！”随后，你可以把果汁一饮而尽，但注意，像醋一样，和红酒比较接近的深色果汁会显得比较有诚意，不要挑选橙黄、鲜红这些偏卡通色彩的果汁，它们的明亮会影响你的诚意。

你看，在这一刻，你在饭局中强调的减肥痛苦论就发挥出了全部作用，很多时候，酒局上的人要的只是你强调出自己的困难，或者做一件有所牺牲的事让他有面子，给他一个台阶，而不是直接生硬地拒绝。当你说你为此会在接下来的四五天不吃晚饭饿肚子的时候，就说明了你很在乎他，不希望让他难堪，他的面子也就因此保住了。

酒桌有时候不需要真枪实弹，让别人舒服才是终极要义。如果可以不牺牲太多还能让别人舒服，你一定会被旁观者称赞是一个通达人情、情商很高的人。在社交场上，这往往比卖力喝酒表忠心却难为了自己，更让人佩服。

Tips

Meme

提醒

在酒桌上与别人碰杯，

自己的杯子一定要低于别人的，

特别当对方是长辈或领导时。

·找到对方的最高价值·

曾有心理学家分析，人有三种价值：第一种是利益价值，你对他人而言是有利可图的；第二种是情绪价值，你对他人有情感价值，和你发生关系并且愿意帮助你，他人在情感上可以得到满足；第三种是你和他人生命中所认为的最高意义价值发生了关系，你和这些价值发生了关系，懂得欣赏他们，自然会引发他们对你的亲近感和交流欲。

在餐桌沟通中，当我们试图解决一件事情时，应该优先找到对于对方而言具有价值意义的事物，用价值意义去打动对方，让他人对我们产生好感。这远比按我们认为的逻辑去和对方交流更为事半功倍。

我曾经和一群南方朋友一起去内蒙古谈生意，结果客户从早饭就开始喝酒，我们去了三天，朋友吐得东倒西歪。我们去的是一个旗，见的是这个旗的旗长。来之前，我了解到这个旗以饲养羊而著名，这正是这位旗长引以为傲的事。同时，因为从小就吃牛羊肉，内蒙古人对牛羊肉非常有认同感。当旗长非要我喝酒时，我看着面前装满羊肉的大盆对他说："我酒精过敏，但为表诚意，我把这盆肉吃了。"

也许他觉得我太瘦弱，绝不可能吃完这么一盆肉。但我吃得很愉快，他们喝酒都捧着一个大碗站着喝，我就站那儿啃排骨。吃完以后，我拿起那个盆给他看，并且告诉他："你们的羊肉太棒了！我现在已经开始担心离开内蒙古吃不到这么好的羊肉。"

他高兴地对我说："姑娘，你可真棒，以后再也不让你喝酒了，你想来吃羊肉，就让你吃个够！"

我对他在乎和自豪的事情表现出了足够的认同和赞赏，他脸上洋溢着笑容，那是价值意义得到满足后才有的自豪和快乐。

一旦触动对方，和他们引以为傲的认知发生了共鸣，体现价值，就很容易给别人留下深刻印象，使得沟通渐入佳境。

Tips

Meme
提醒

价值意义作为人类追求的最高意义，
往往也和那些终极命题息息相关，
比如价值观、信仰、事业成就、艺术和
文化归宿，找到一个人身上的这些部分
也就找准了他们的价值意义，所有的
沟通也会因此变得渐入佳境。

\# Meme 日记 #

离开伦敦之前，再次拜会罗斯柴尔德爷爷。爷爷每次见我第一句话就是："我有什么可以帮你的吗？"说实话，想半天也没想出来。给他看了《谢谢你，伦敦》的预告片，当看到自己出现在片中的镜头时，爷爷害羞地捂了下眼睛。

\# Meme 日记 #

顶着肿眼，见另一位罗斯柴尔德爷爷及夫人。这位罗爷爷酷爱巧克力，每次见面都送我最好吃的巧克力。爷爷最近刚刚客串了《纸牌屋》，我说，你有新工作啦！他说，对啊！你打算雇用我吗？罗爷爷的夫人可是大名鼎鼎的女强人，去年参加她主持的全球高峰论坛，从她身上学到太多值得学习的东西。今年，我要拍摄《谢谢你，伦敦》，夫人特别感慨地说，我来帮你，伦敦有谁我不认识？怀着满满的收获和感激，离开伦敦。飞向下一个城市——米兰。

Meme 日记

最近不知道为什么，非常喜欢做饭。还报名了厨师课，学习做日式料理和蛋糕。正上第一节面包课时，接到福田康夫的电话，我只好拎着刚出炉的点心去开会。有幸福田先生成了第一位吃我做的蛋糕的人。他开玩笑说，这是一场巨大的冒险啊。可他还是吃完了所有的蛋糕，夸我做得特别好吃。

Meme 日记

与日本人打交道，最深刻的感受是，他们一旦确定的事，基本不会改。昨天东京下了 51 年来最大的雪。上周约好请朋友来家里吃饭，我猜会不会有人会打电话问：是否改期呀？结果，没人打电话，所有人都顶风冒雪准时出现。

3

Time

用好人生最关键的五千天

我一直有很强的时间管理意识，这要归功于我有一个“虎妈”。

从小，妈妈给我安排了很多课程，每周我的日程都安排得满满当当。在学校上完课后，我还要继续学习功课，精细到每个小时：七点到八点学习英语，八点到九点学习数学，九点半准时上床睡觉。我那时候很羡慕别人有空闲的时间玩耍。

在这样严格的环境下长大，过着“衣来伸手、饭来张口”的生活，妈妈几乎管理了我生活的一切。后来上大学的时候，我第一次去买水果，决定挑选一袋樱桃，还为此兴奋了半天，因为这是我第一次掌控自己的生活。还有一次，我买了一块木瓜，看见里面有黑色的籽，一度以为它是坏的。因为妈妈切给我的木瓜都是干净的，那时，我对生活的认知多么贫乏啊。

虽然我并不认为这是正确的教育方式，但毕竟也培养出了我如刻度表般准确的时间观念，绝不拖延，能做的事情就尽快做完。

工作以后，每天要做的琐碎的事情、要见的重要的客户很多。于是我专门准备了一个日程本，在上面写下我今天要做的事。久而久之，我发现，一个人一天要做的事情通常不超过八件。每完成一件，我就会在上面打个钩。例如今天见了谁，签了什么合同，上了什么课，完成了什么作业，我都会细致地排列出来。每当做完当天日程上的事情，我的心里都会有成就感。原来完成这些事情也并没有什么难的，同时，这种方式也更好地帮助了我合理分配时间。

做这件事已经二十多年了，所有的本子我都保存着，翻阅到某年某月，我都可以知道那天做了什么，这样会让我觉得，生活原来是这样充实，对空虚的焦虑也会减少几分。

我曾去过一个富豪的家里，他居住的是豪宅，可精致的外表下，里面居然乱七八糟的，衣服、鞋子、日用品到处乱放，宽敞的客厅里居然还牵着一根晾衣服的绳子。并且我发现他家里竟然有七辆婴儿车，可他只有一个孩子，问他为什么会有这么多婴儿车，他告诉我“这些都是朋友送的。”我说：“既然用不到，可以再送给别人呀。”他说：“我舍不得扔。”

我一直觉得，在物质上做不到断舍离的人，也很难在时间上做到合理规划和管理。他的内心一定是杂乱的。我第一次见到有人把豪宅住成了贫民窟，而与此同时，我也见过一个朋友，住在五六十平方米的房子里，整个空间简洁干净，衣柜里整齐地挂着不同季节的衣服，书柜里按照不同的出版社和题材摆放着书籍。每个细节都能看出主人的用心。我也亲眼见证了这个主人一步步完成职业规划，成为行业翘楚。

我们应该真正掌控这后五千天，用来改变自己。

❀ 节目拍摄留念

很多年轻人总以为，有很多时间可以挥霍，可真正算一笔时间账，我们就会发现，所拥有的时间并不多。人活到 70 岁，也不过两万五千天，可真正的差距，早在前一万天的时候就显示出来了，毕竟我们很少有人大器晚成。而在这一万天里，前五千天是你无法改变的，包括你的出身、受到的教育等等，毕业十年，同学之间几乎就已经是天壤之别了。所以，真正让每个人不同的，往往是后面这五千天。我们应该真正掌控这后五千天，用来改变自己。

I

TIMETABLE

时间表

·他们的时间表·

我们常常有一种感觉：手里在做一件事情，但很快被另一件事情打断；每天工作繁忙，到了下班的点却发现还有活没干完，总感觉自己的时间不够充裕。

一位犹太爷爷曾跟我说过："忙的人比较有时间。"我们之所以总觉得时间不够用，是因为不会合理规划时间。这句话与鲁迅那句"时间就像海绵里的水，只要愿挤，总还是有的"有异曲同工之妙，其实我们并没有那么忙，只是没有养成良好的作息规律，做好时间规划。往往越成功的人，越懂得如何规划管理自己的时间。

时间就像海绵里的水，只要愿意挤，总还是有的。

做好时间规划最直接的方法，就是制定自己的时间表。我参考借鉴一些成功人士的时间管理方案，看他们是如何在忙碌的生活中，仍然能有效规划工作，找到生活节奏，平衡各种关系，成就一番成功事业的。

Haruki Murakami
村上春树

日本作家

- 5:00 起床，写作到 10:30（中间插入早餐）。但是从起床到工作是立即开始，绝不拖拉。
- 每天写十页文字。如果写了八页写不下去的话，也要写满十页；写好十页还想写时，也不能继续写，只写十页。
- 游泳或跑步。吃午餐。
- 对于村上春树而言，每天只有 23 个小时，因为有一个小时给了运动。他每天会跑 10 公里，坚持了 37 年，雷打不动。
- 下午从事写作以外的工作，翻译或写杂志随笔，处理日常杂务。
- 晚上看看录影带或听音乐、看书，除非特殊情由，否则日落后便不工作。21:00—22:00 就睡觉。

Sheryl Sandberg
雪莉·桑德伯格

脸书首席运营官

- 每日早起后，送孩子上学，7:00 前到达公司办公。
- 在公司，用老式活页笔记本记录每天的各种待办事项。一旦页面上的项目都完成了，她会将那页扯掉，并移动到下一页。
- 每天 17:30 结束工作，离开公司。
- 晚上和孩子一起吃晚餐，分享一天中最好和最坏的事。这一习惯在丈夫去世后依然保持。
- 晚饭后读书，21:30 准时上床睡觉。

Elon Musk
埃隆·马斯克

Space X 和特斯拉的首席执行官

- 周一、周四和周五的部分时间，在洛杉矶 Space X 工作。
- 周二和周三，在加州帕洛阿托的特斯拉（Tesla）工作。
- 周五，将剩下的时间献给 Space X。
- 周末是为家庭预留的。

几种不同的时间管理方法

有三种我觉得很有代表性的时间管理方法，我也从中借鉴了适合自己的部分。

1 艾维·利时间管理法

这种管理法最早源于美国，帮助一家濒临破产的工厂奇迹般地生还。后来被商界人士追捧，并被广泛使用。

艾维·利（Ivy Lee）时间管理法具体步骤：

Step1： 写下你明天要做的 6 件最重要的事；

Step2： 用数字标明每件事的重要性次序；

Step3： 明天早上第一件事是做第一项，直至完成或达到要求；

Step4： 然后再开始完成第二项、第三项……

Step5： 每天都要这样做，养成习惯。

艾维·利时间管理法有两个重要原则：

先解决最重要的问题；每次只解决一个问题。

2

不做 To-do list 的 Freestyle 时间管理法

这是硅谷的“投资金童”马克 · 安德森（Marc Andreessen）使用的时间管理法，他说自己从 2007 年起就开始不做日程安排了，完全 Freestyle。

Freestyle 虽然听上去很随性，但并不等同于懒惰和随波逐流。

Step1: 明确某个阶段你最看重的事情，围绕这个中心去展开工作。

Step2: 把待办事项分三类：

To-do List（马上做），当下立即要着手的；

Watch List（需要跟进），需要之后再推进的；

Later List（以后再说），有空再说。

Step3: 每晚列一个明天的细化 To-do list，3—5 件，不要贪多，第二天无论如何都要完成。

Step4: 当天睡觉前，再写个反 To-do list，记录下今天做了哪些本来没打算做却碰巧完成的事情。

把这一天的 To-do list 和反 To-do list 拿出来对比，优化。

Freestyle 的时间管理模式看似随意，实则是失序中的有序。它的价值在于让思路不被打断，屏蔽干扰。

3

Time Boxing 时间管理法

这是埃隆 · 马斯克和马克 · 扎克伯格 (Mark Zuckerberg) 都在用的一种时间管理方法，在硅谷非常流行。最早是一种软件程序的管理和计算方法，后来变成了一种时间管理的思维方式。

其核心是创立了一个时间限制，但是并不是我们通常熟悉的时间线，而是一个“时间盒”，任务被放在盒子里，摊在桌面，而不是放在一个纵向的时间线轴里。

这样一来，管理时间和任务不再是 10—11 点做 A，11—12 点做 B 的模式，而变成了：

处理 A 需要 25 分钟，处理 B 需要 30 分钟。

利用这个时间盒子，可以大量放入不同的事物，根据轻重缓急来规定不同的期限，最终使每件事都得到妥善解决。比起线性时间管理，一件事处理不好容易影响到下一件的方式，这种规定了时间限制的方式更灵活。

看了成功人士的时间表，我们会发现他们中的大部分都属于晨起型。清晨早起，确实是目前最符合社会主流，也最有效率的时间管理方法。很多著名的时间管理者，每天从 4 点就开启了一天的生活和工作，与常人 8 点起床相比，他们似乎额外赢得了一天中更多的时间。

对我来说，我不算起得特别早的人，但工作一旦忙起来，我的睡眠时间是相对较少的。埃隆·马斯克说过，连续一周工作 100 小时以上，是在燃烧自己的脑神经细胞元。因为工作关系，我需要在不同的城市之间飞来飞去，为了倒时差从而恢复身体状态，我会强迫自己醒来之后再尽量睡一小会儿。其实身体需要的并不是长时间的睡眠，比如开会路上，我在车里花一刻钟打个盹，可能就是非常有效的小睡时间，可以让大脑获得即时的放松。

休息的方式其实多种多样。我的心得是不要过于强迫自己，只要把思绪从一项工作上转移，放到另一件事上，对头脑来说就是一种短暂的休息。比如工作了很久，可以花一小时画画来换换脑子；出差路上，把平时没时间看的电影看完。精神获得放松是良好的休息方式。

每时每刻的工作会给我带来持续的乐趣，但是我也会经常倾听自己身体的声音。在长时间的忙碌之后，我会静下心来，倾听身体的需求和选择，做一些随性的安排，比如去旅游，彻底远离工作，哪怕只有一两大，但是这一两天是完全放松的。可惜的是，创办公司这几年来，我只随机去了一次摩洛哥，但那四天里我和全身心工作时一样快乐，这就是大家经常说的“work hard, play hard”（专心工作，尽情玩耍）。

只要把思绪从一项工作上转移，
放到另一件事上，
对头脑来说就是一种短暂的休息。

TIMETABLE

我的时间表

我一般六七点起床，在最安静的时候处理工作，如果这天工作较少，早上我会阅读。

七八点上日语网课（目前已经坚持了一年）。

在北京的时候，我会约早上九点的拉筋训练。

十点左右去公司处理工作，下午约人会面谈事。

晚上的应酬较少，我不喜欢和别人晚上聚餐。除非有工作，或者是和很好的朋友相聚，我多半把晚上的时间留给自己。大多数情况下，我选择回家，看场电影、收拾屋子，做自己喜欢的事情。

工作最疯狂的时候，我可以从早上五点工作到凌晨一二点，这样的作息在工作的密集期，可以坚持几个月。

如果一周没有什么休息日，我会留出半天收拾屋子，或者画画。

每时每刻的工作会给我带来持续的乐趣，但是我也会经常倾听自己身体的声音。

Meme
日常

生活和工作当然是需要平衡的，
我的平衡方式就是收拾屋子，
定期还会换换家里的格局。
家务中我最喜欢扫地和整理，
把垃圾都扔出去，
当把家里擦得一尘不染的时候，
我的心情就会特别好。

20 本手账的故事

记手账是从我 17 岁开始的，那时候我刚来北京，想把自己一天的经历都记录下来。

实际上我也确实做到了，至今我已经记了 20 本。我的包里永远会放着一本手账，用来记录工作安排。

别小看这流水账一样的记录，日复一日的积累帮我保存了很多回忆。比如某人问哪一天我做了什么，翻出手账我就会想起那天我做了什么。

说个小故事，有一次我在国外拍摄，租了一辆车，这辆车一个月后收到一个违章记录，在与租车公司交涉过程中，我翻出手账，发现当天我们根本就没出现在违章的地点，我甚至能准确说出几点几分我们去了哪儿，并且监控可查。所以很显然，车的违章记录不是我们造成的，从那以后，我的朋友和同事也都觉得记手账是件非常有用的事。

偶尔，我自己也会翻翻手账，看看去年的今天我在干什么，前年的今天我又在干什么，甚至多年前的今天我又在干什么。这种小小的仪式感，经常会给我带来意想不到的惊喜和反思。

很多人的时间管理都做得比我好，但是每个人的习惯不一样，我的手账只会记下来我在何时见了谁、谈了什么，或者当天我自己的感悟。我记的手账不是非常精美，也没有不同颜色、图案，一些文字只有我自己看得懂，在管理时间的同时，这是只属于我的私人记忆。

Meme
日常

同一时期，我会准备两本手账，
一本轻便可随身携带，
主要以流水账的形式记录。
每天晚上我都会抄写到另一本上，
哪些事情完成了，
哪些还没有完成，一目了然。
没有完成的事情也能在抄写过程中
进行规划。

❀ 我 20 年来的手账本

❀ 我的早课打卡记录

Meme 日记

今天被这句话燃了：“人生是一场真刀实枪的对决。因此无论多小的事情都要拼上性命认真完成。”我们有多少人会拼上性命去干每一件事？成败得失哪有那么多机会，只有拼尽全力努力了，老了以后才不会后悔。很多时候，“厚脸皮”不是贬义词，想要的东西，就要拼尽全力去争取。大多数平庸的人，是因为从未渴望、从未努力实现卓越。

想想自己的愿景是什么？拼上性命去努力。

II

SELF-DISCIPLINE

自律力

·让自律成为一种习惯·

我从小对自律的理解来自外婆的“一二三等人理论”：“一等人不教就会，二等人用嘴教，三等人用棍敲。”她有时“骂”我是“三等人”，导致我从小就绷着一根弦，不要做被棍棒教做事的人，要做不教就会的人。所以在很多事上，我都会默默留心学习，很多事看别人做一遍就尽量学会，时时刻刻严格要求自己。

但是人都会有惰性，有无法战胜自我的时刻。说起我不太自律的事，运动算一件。我是一个天生就不喜欢运动的人，所以十分需要他人的督促。教练就是我找来督促自己的，我的主动性确实比之前好了。

很多人会找各种理由跟教练撒谎不去锻炼，虽然我没什么主动性，但这种自欺欺人的事儿还是不会做的，反而很多时候是我找教练锻炼。我现在基本坚持一周两次，经常对自己“软硬兼施”——一边看到自己的进步，一边鞭策自己。在这种“恩威并施”下，现在我已经可以做“一字马”了。

反之在饮食上，我是一个非常自律的人。我很喜欢吃肉，但假如有段时间察觉自己体重失控，就会下定决心不吃肉，即使碰到了最喜欢的排骨、红烧肉也不会为之所动，更不会

“一字马”训练过程

做表面不吃、私下偷吃的事情。这种决心大概是遗传了我的母亲，她是一位佛教徒，偶然得知吃肉不虔诚，她说不吃肉就不吃了，二十年来始终如一。

所以，自律体现在一个人生活的方方面面，不会有人事事都能做到严于律己，但是我们至少可以努力让自己成为一个“言必信，行必果”的人，这样可以帮自己养成好习惯，也会慢慢获得改变。

棉花糖实验

我有很多自律的朋友，比如有些人早起一小时学英语，有些人坚持每天锻炼，还有的人会花几个月学习一门手艺。词人方文山会利用飞机上的三四个小时去写歌，而老王会每天都去健身，强迫自己做很多不擅长的事。我们都认为，自律虽然并不是一个人成功的必要条件，但一定是成功的一个重要因素。自己都无法管理自己，是不会真正获得成功的。

之前有一个著名的“斯坦福棉花糖实验”，是斯坦福大学沃尔特·米歇尔博士 1966 年到 1970 年早期在幼儿园进行的有关自制力的一系列心理学经典实验。在这些实验中，小孩子可以选择一样奖励（可以是棉花糖，也可以是饼干、巧克力等），或者选择等待一段时间直到实验者返回房间（通常为 15 分钟），同时获得两个奖励。

在后来的研究中，研究者发现坚持忍耐更长时间的小孩通常具有更好的人生表现，如更优异的 SAT 成绩、教育成就、身体质量指数……然而现在有疑问提出，自制力，而非战略策划能力，是不是影响行为的因素之一。可是晚一些得到奖励的小孩子，确实通常都比较成功，因为他们都能克制自己，自制力很强。换个角度，我觉得这也是一个关于自身“延迟享受机制”的测试。

我认为，虽然遗传基因影响了一部分人自律的形成，但是通过后天的自我训练，也能让自己有更清晰的规划，所以我们完全可以自我锻炼，成为一个更自律的人。

·为了达成目标而做出改变，你能做到吗？·

你是一个每年都列年度计划的人吗？我想大部分人的答案都是肯定的。

你是一个每年都能完成自己的年度计划的人吗？可能肯定的回答就不会那么多了。

为什么我们不断地列出计划，但是却不能按时完成计划呢？这其中有多少是因为客观原因的阻隔，有多少主观上的懈怠？其中，自律起到的作用又有多大呢？

这一切曾经也是我的疑问，但是当我看到马克·扎克伯格每年给自己设定的个人挑战后，我找到了一些答案。

以下是他从 2009 年至 2017 年的新年目标：

2009：每天打领结。

2010：学习普通话。

2011：如果吃肉的话，只吃自己亲手杀的动物。

2012：每天敲代码。

2013：每天见一个不在 Facebook 工作的人。

2014：每天至少给一个人写感恩卡片。

2015：每两周阅读一本新书。

2016：一年跑 500 公里。完成后发现有时间就又给自己设定了一个个人项目：给自己的家庭建立一个可以语音控制的人工智能系统。

2017：拜访美国每一个州，和当地的人交流。已经在很多州花了不少时间，接下来还需要去 30 个州完成这项挑战。

可以看到，和我们通常给自己在年初定下的宏大目标不同，扎克伯格给自己每年定的目标，有些看起来甚至都小到不值一提。打领结也可以算是一个年度目标吗？但正是这种看似很小的目标，不断积累，才成为磨炼一个人毅力的巨大能量。

他的年度目标让我明白，年度目标的设定不在于设定本身，而在于坚持和积累。让自己习惯于在一段较长的时间内完成一个目标，逐渐形成一个良性循环，慢慢地去挑战更大的目标。

其实生活中我们大多数人都很平凡，我们都没有办法在短时间内拥有长远的目标方向，或者宏大的战略布局。目标很多时候都被放得很大，其实我们应该具象落实到自己的一言一行中。

前段时间我遇到一个写文章的女孩，觉得她很有文字天赋，想让她跟我一起创业，她有些犹豫，我跟她说：“你怕什么呢？如果做得好，我们就继续做下去，如果不好，你还可以再找别的工作。我跟你一样都不知道未来会发生什么事情，就像因为疫情，我滞留日本，原想着只待一两个月，结果却越来越久，但现在我也在这里找到了自己的生活重心，并且过得很快乐。”

我觉得所谓的目标管理，其实就是自己对自己的了解。做任何事情之前都可以先将其分解，就像我跟这个女孩说的，如果很年轻，为什么不出来闯一闯？哪怕失败了也可以再重新开始。

一个人首先要知道自己想要什么，是选择安稳，还是看到自己的更多可能性？而判断这件事情要不要做，我把它细分为三点：第一，这件事情合不合法；第二，这件事情凭自己的能力是不是能够完成；第三，如果失败，后果自己能不能承担。

如果这三点都有把握，那么就不用顾及其他，勇敢向前吧。

如何从一个目标开始自律

首先，找一个强人监督自己。所谓强人可以分为两种：一种是找一个很熟悉的、和你有相似目标的朋友，两人互相监督、互相鼓励；另一种是找一位教练性质的人，他应该是在某方面比你专业，请他不留情面地监督你。

其次，找一位“弱者”监督自己。我所说的“弱者”，其实是指意志力可能比你还要薄弱的人，和他在一起，可以让人产生责任感，在督促他人的同时，也能达到监督自己的目的。

最后，自己定下一个目标，然后下定决心去执行。如果达不到，内心应该会产生一些自责情绪；如果达到了，要及时地自我肯定。通过这样的情绪对比，持续提升自律力。同时，也可以找一件常人不太容易坚持的事儿，去长期坚持，达到自我认同、建立自信，这种方式就会成为不断鞭策自我的动力。

Tips

Meme
提醒

❋

不要只制定和选择工作上的目标，
把一些个人生活目标也列入年度规划中；

❋

定期衡量自己的目标进度和完成度；

❋

选择有弹性、可达成的目标，循序渐进，
心急吃不了热豆腐；

❋

这个目标一定是让你开心的，
不勉强自己就能坚持下去。

信誉体现在工作和生活的各个方面，时间久了，就会刻画出一个人的信誉形象，可是人们常常会忽视一些“小事”，从而影响个人形象。小时候，妈妈总是跟我说：“如果你这个学期考了第一名，我就带你去少年宫玩。”我很努力，可真的考了第一名后，妈妈总会充满歉意地跟我说：“我今天很忙，没有办法带你去了。”这个事情虽然不大，但给我留下了一个心理阴影，多次未去的少年宫后来竟成了一个我再也不想去的地方。所以长大后，我对自己的一个基本要求便是：答应别人的事情一定要做到。

其实日常生活中，很多人都会觉得大事上讲信用就好了，小事情不在乎。比如到朋友家吃饭，累了不去了，加班不去了，这些借口似乎是我们的常态，但我们也会发现，这种事情发生过两三次后，朋友找我们的次数就会越来越少。如果对方是并不熟悉的人，那可能之后连联系都不会有了。这并不是朋友小心眼，而是如果这样的小事情都没有办法兑现自己的承诺，那之后推进别的事情也会让人不信任。

我在日本时，发现当日本人组织多人聚会时会提供三个时间点，方便大家选择。其实这也是一种积极的攻势，如果对方足够有诚意见你，那这三个时间点怎么都会选择一个。有一次我参加一个聚会，从 7 月预约到了 11 月，虽然这个事情比较极端，但它提醒了我们，某件事情多给选择、反复确定，会让大家更加重视，也能更好地去信守承诺。

很多时候，我们因为种种客观原因完不成某件事情，这也是很正常的，但我的原则是，如果做不到，一定要提前说，并说明做不成的原因。这样才能跟朋友更好地相处。

比如说和朋友吃饭，或者帮朋友忙，如果完不成，我会告诉他我的顾虑或者无法做到的原因，而不是习惯性拖延，因为有时对方其实并没有那么苛刻，只是需要你的一个回复，证明这件事情你往心里去了，或者为之有付出过努力。而不是拖了很久后，双方再碰到，你不好意思地说声“抱歉，我忘了”，这其中流失的就是你的信誉。

我会约一些企业家见面，也经常碰到约好的时间临时被改变，有些企业家会安排秘书给我打电话，但也有很多亲自打电话告诉我，说明改变时间的原因。虽然两者都表达了诚意，但亲自打电话的人给我的信誉印象会更好。

其实人与人之间相处，信任的前提就是尊重，有来有往。虽然很多事情并没有按预期进行，但信任却在一来一往中建立了，以后再合作什么事情也就更加顺畅了。

你付出的，总有一天会反哺到自己身上。

我是个热心肠的人，在朋友找我帮忙时，总觉得有一分力就多出一分力。前段时间有朋友想要出书，本来他只让我帮忙问一家出版社即可，但我足足联系了五个，虽然最终事情没成，但我将事情的过程以及被拒绝的原因都告诉了对方。

疫情刚开始的时候，口罩紧缺，我当时在日本有获得口罩的渠道，就给很多朋友挨个打了电话，每一天要打将近 300 个电话。我坚信每一件事都要做到竭尽全力的程度。

快乐来自日积小善，这些小善会让朋友、同事更加信任你。

大家都喜欢和讲信用的人打交道，其实并不是能获得多大好处，而是和讲信用的人在一起时，我们所有的时间、情感都不会被浪费。这个就是所谓的信用管理做得好，大家会觉得在你身上付出的时间和感情都是有价值的。

时间久了之后，我发现当自己遇到什么事情的时候，也有很多人愿意帮忙，其实这就是讲信用的好处，你付出的，总有一天会反哺到自己身上。

Meme 日记

昨天发了我住的地方，有朋友表示不太理解。其实，我的确有三种选择：1. 租个公寓自己住（可跟我住北京、上海有什么区别呢？）；2. 找个日本人合租（我遇见的那姑娘英文特别好，估计三个月下来，我们应该还只说英语）；3. 寄宿家庭（条件可能一般，但他们基本不会英语，所以必须学日语。而且住在当地人的家里，每天观察他们的生活方式，更能深入了解日本文化）。比如，今天早上女主人为我做了早餐，还给我做了出门的便当。这种体验，之前从未有过。说不定，将来我也会做这么好看的便当呢。有钱并不是时刻找人来服侍，而是可以自由地选择生活方式。有的人可以住一千美金一晚的酒店，也可以去二三百人民币一天的寄宿家庭。这样的生活才叫“有趣”。

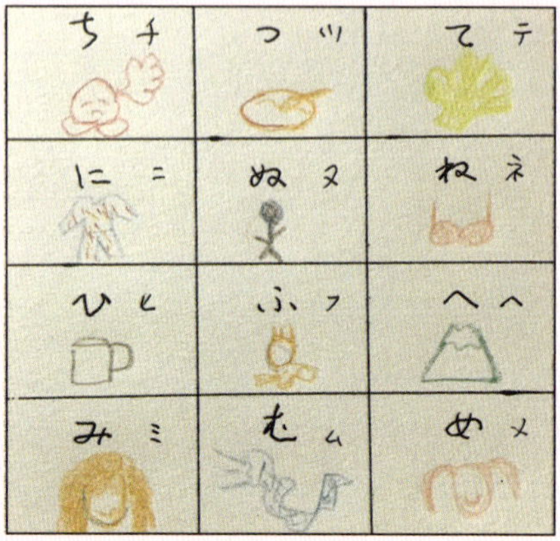

Meme 日记

生活给我自由选择的权利，为什么不去试试没体验过的事物呢？反思之后，更懂得珍惜眼下的幸福。另外，除了日文课，我还报了很多班：普拉提、钢管舞，以及谁都想不到的……

Meme 日记

又回归平静的小日子，坐公交车上学，吃便当，写作业，安安静静吃晚饭……和刚来的时候不太一样，之前不管我承不承认，内心应该挺惧怕一个人生活的，或许是成长了，这回忽然觉得，能跟自己相处得很好。

Meme日记

来东京整两周，很多不适应。当年去纽约，开始只想待一个月，一下飞机就决定至少住一年，结果住了两年半。如果不是因为《中国合伙人》这部电影，我可能留在纽约也不一定。东京跟纽约有很大的差别，一个是极自由的地方；一个是干什么事都要看别人眼色的地方。我在纽约每天都如鱼得水，而在东京最大的事情是不断改变自己。没有好坏对错，只有习不习惯。总之，我对日本有很大的疑惑，这可能是这段时间要去了解的内容。当然最大的挑战是一个人面对孤独。你的孤独指数是几级？

Meme日记

这是我正式搬到东京的第一晚，花费了 400 元人民币改善了这个小房间。接下来的一段时间，我都会住在寄宿家庭。房间很小，只有一张单人床、一张桌子、三把椅子，不过很干净，挺适合学习的。

Styling 4

美 是 要 付 出 代 价 的

为了美要付出很多代价，时间、
金钱，还有对欲望的控制。

大言不惭地说，从小我很少有外貌上的苦恼。可青春期的一天，我的智齿发炎，两个腮帮子肿得像发面馒头一样，整个脸都变成了正三角形。那天我去餐厅吃饭，店员给我结账，查账单的时候我发现算错了，叫了服务员三次，都没有人理我。回家后我把这件事告诉了妈妈，她说："你知道你现在有多丑吗？"那是我第一次意识到，原来一个漂亮的人得到的"糖果"真的会多一些。

我并不是要告诉大家以貌取人，而是"不注重外在美，只注重内在美"这样的话已经过时很久了，如今是一个"内外兼修"的时代。哪怕是在动物界，动物们也会依靠它们艳丽的羽冠、盛开的尾巴去获得异性青睐，爱美之心人皆有之，我们为何要去否定它呢?

在我看来，外在美是两层需求。一是为了取悦自己，二是得到他人的赞美和肯定。为了让自己变得更美更好，我们会在外貌上有所追求，去跟上这个时代的步伐。但我觉得不应该追求完美，在自己脸上过度“动刀”。

当下很多年轻人也去体验了医美项目，我知道他们是为了让自己保持更加年轻的状态和健康的心态，收获一个更加自信的自己。

但是，美丽又哪里是唾手可得的呢？这么多年过去了，我的朋友仍旧觉得我很年轻，他们问我的秘籍是什么。哪里有什么秘籍？如果有，那我想，一定是自律。

为了美要付出很多代价，时间、金钱，更重要的是对欲望的控制。

我的姑姑已经50多岁了，可从背影看，还像是20多岁、青春靓丽的女孩。她的身材维持了40多年，这跟她的饮食和生活习惯是息息相关的。

这对我的影响很大，有一回我朋友在吃一种油炸的糖饼，我看到了，随口说了一句：“看着好好吃呀。”朋友让我吃一块，可我拒绝了，我知道它很好吃，可同时它也会让我变老、变胖，所以我很少吃高糖高脂的食物。

因为疫情，在家隔离，每天不出门，能量消耗得也比较低，我发觉自己长胖了，当机立断，决定开始七天的“清肠计划”。

在那七天里，我只喝酵素、吃水果。然而，我们家每天的饭菜都特别丰盛，红烧排骨、酱牛肉就摆在我面前。家人看见我只吃苹果，就说：“你也过来吃点吧。”我知道吃一点也没有什么大问题，可如果吃了，那就前功尽弃了。七天结束后，我的体重又恢复到往日，家人对我说：“你对自己也太狠了。”

其实，不光是在身材的维持上，还有皮肤管理、日常穿搭，这些都是有助于我们改善外在与气质，可也是需要我们多去学习和维持的。

对自己狠一点，去变美吧，你会发现，当你真正变美了，自信的自己有多美好。

·穿衣功力在内，修炼方法在外·

I

STYLE

穿搭

你穿什么就是什么。

关于穿衣和个人的关系，有句很著名的话说："You are what you wear（你穿什么就是什么）。"一个人的穿着看似是一个很外在的表现，但是却能在不经意间表达自我，体现一个人的完整性格。我国也有一句可以与之对照的古语："仓廪实而知礼节，衣食足而知荣辱。"意为随着生活条件变好，生存标准变高，人们对外在美的追求是循序渐进的必然过程。既然衣着是人们装点自己的重要手段，那么提高审美也变成了一种趋势。

如何提升自己的衣品呢，靠花钱买买买吗？不断尝试和试错当然是必经的实践之路，但是我认为除了实践，最关键的是提高自己的综合审美。衣品只是外在审美的一个很集中也很小范围的体现，整体美学修养的提升才能带来真正的改变。

去年我有一段时间在伦敦，虽然工作很忙，但是工作之余，我花了半天时间去逛泰特现代美术馆。这座位于泰晤士河南岸的美术馆主要用来收藏亨利·泰特（Henry Tate）爵士赠送给国家的19世纪英国绘画和雕塑，以及一些从英国国家美术馆转移而来的艺术作品。

大概十年前，我去过泰特现代美术馆，当时看有些画作不是很理解，比如美国抽象派画家马克·罗斯科（Mark Rothko）的绘画，当时的我以为只是大色块的拼贴，不懂得艺术家的表达。这些年我也在学习画画，对绘画的感悟也更加丰富，再次来到美术馆，我才发现马克·罗斯科色块的拼接一笔一画均蕴含着不同的情感，而纹理和边缘也处理得非常细腻。这虽然是一个和穿衣无关的故事，却让我在艺术领悟上更进一步。很多时候，穿衣服的感觉，搭配色彩的灵感都可能来自无意间看过的一幅画，这种艺术、色彩的领悟力是相通的。

很多衣服颜色还好，面料款式也对，但总让人感觉差了一点点，其实就是设计师在色彩的还原度和敏感度上不同功力的体现。这种审美的变化和细节，就是从服装和时尚以外的东西中学习到的，艺术展、画展都是无穷宝藏。

· 衣服那么多，得体最关键 ·

良好的衣品并不是与生俱来的，在摸索到适合自己的风格前，大部分人都要交一大笔学费。比如我十七八岁时，就特别喜欢能展露身材的衣服，想要穿得很“打眼”，那时候短裙、短裤、露肩或者特别有设计感的衣服是我衣橱里的“常客”，觉得只有这样穿才能彰显自己的个性。

随着年龄的增长，有了更多的积淀和尝试，我才会慢慢知道适合自己的风格是什么。这里面还有一个小故事。有次我去巴黎，在左岸的一个咖啡馆里，意外被一位女士吸引。那是一个快 50 岁的巴黎女人，她穿了一件咖啡色的毛衣，搭配卡其色的裤子，脚上是一双舒适轻便的豆豆鞋，浑身上下极其简单，衣服上也没有任何 Logo、花纹，她只是坐在那里喝咖啡、看书，却让人感觉极其舒适。

我看了她很久，突然懂了，原来简洁、淡然才是我想要的美，我追求的穿衣风格并不是那些夸张的设计、艳丽的颜色以及繁杂的花纹、图案和装饰，而是外表虽简单，但在细节上却有着自己独特小心思的简约美。

服装是美学的一部分，你对美的理解是什么，你对服饰的选择就是什么。我并不鼓励每个人不管去哪儿都穿得毫无个性，只追求一味地低调。好的穿着打扮一定既符合个人年龄定位，又凸显个人气质。我曾接触过一位日本的形象顾问，她的年龄在 50 岁上下，体态优雅，她的衣服并不

简洁、淡然的巴黎女人

优雅、合拍的日本顾问

对于一些能穿很久的经典款，不妨多花点钱添置些好的。

喧宾夺主，而是有种和实际年龄非常“合拍”的气质，这种互相衬托让她身上的衣服在不同场合里都显得很得体。

如今时尚更新迅速，新的潮流还没赶上就迎来下一波潮流。但我还是建议，对于一些能穿很久的经典款，不妨多花点钱添置些好的。比如一双百搭的高跟鞋，或者一件经典小黑裙。这些基本款买贵的完全没问题，因为它能在很多关键场合帮助你。但是相对更迭比较快的衣服，比如T恤，买贵的就很不划算。

买十件不如买一件

坚持了半年不买衣服之后，
我买衣服的欲望反而减少了。

十多年前，妈妈曾给我买过一件很贵的大衣，直到现在它都是我衣橱里最贵的衣服之一。我还记得当时觉得太贵，我妈劝我说：“有些衣服便宜，但穿不了多久可能就没法穿了，但是这件款式大方，布料和裁剪都很好，完全可以穿一辈子。”没想到真如妈妈所言，之后十几年间，每次搬家，不管我扔掉或者送人多少衣服，唯独这件大衣一直留着，因为它质地厚重、样式经典，永不过时，再穿二十年都没问题，没准儿还真的会穿一辈子。

但是我的大部分衣服就不如这件大衣这么“幸运”了。我以前很喜欢买衣服，但是某次收拾衣柜的时候，发现有好多衣服连吊牌都没摘。于是我就暗暗发誓：“半年内不能买衣服。”有趣的是，坚持了半年不买衣服之后，我买衣服的欲望反而减少了。从那时起，我开始琢磨怎么把自己现有的衣服利用好。我曾有一件买了很久但没穿过的黑色礼服裙，颜色和款式都很好看，只是这件裙子是及地的，穿着很不方便。于是我拿到裁缝店将它的长度改成了膝盖以下，一下子就成了衣柜里的常穿款。

动手改衣，
让每件都成为定制款

没有十全十美的衣服，却总有能把它们变得更合适的小方式。我是浅肤色，高个子，能够驾驭的花色和颜色比较多。但是我也清楚地知道自己一定要规避的误区是哪里。我的肩很平，所以大垫肩的衣服、宽大领子的西装就不适合我。它们不仅不会凸显我的个人优势，反而会画蛇添足，让整个人过于强势。所以要是我看上了一件颜色材质都很好的大衣，但它若是翻领设计，我就会买回来请裁缝改成更适合我本人的窄领。

还有一次，我买了一件快时尚品牌的夹克，版型和颜色都很时髦，只是下摆剪裁不够个性化。我买下来改了下摆的设计，立刻显得很独特。

这大概这也是我改衣的乐趣之一，遮蔽自己的缺点，展示自己的优势。

每个女孩都觉得自己的衣橱里永远少一件衣服，却不知那件衣服其实就藏在你的衣橱里。在了解个人风格的前提下，只要用点小心思，做点改变，已经淘汰了的衣服说不定就会摇身一变，成为让人惊艳的定制款。

**在了解个人风格的前提下，
只要用点小心思，
做点改变，已经淘汰了的衣服
说不定摇身一变，就成了
让人惊艳的定制款。**

NG

大垫肩的服装不适合我

OK

低调的肩部装饰更适合我

NG

宽大领子的西装不适合我

OK

窄领西装更适合我

·只有几件单品，如何穿得不重样·

T-shirt

我建议 T 恤不要买太贵，再好的 T 恤穿两季也会变得松松垮垮。我的一件 T 恤“新宠”非常便宜，但是很好看，它是我在巴黎机场候机的时候，买 4 欧元的时装杂志时送的。回来后好几个人问起这件 T 恤哪里买的，我很自豪地说：“买杂志送的。”

Sneaker

我经常需要在外奔波，所以大部分时间我的鞋子都以运动鞋为主。而且现在很多正式场合也讲究不用力过猛，用运动鞋搭配礼服也未尝不可。

Jeans

牛仔裤简直是我的万能搭配，一条版型好、质地舒适的牛仔裤，从衬衫到毛衣再到外套和短袖，都可以搭配。

Less is more

作为一个经常出差的“空中飞人”，我的行李箱一般会固定放几件衣服，既不想让行李箱沉重，又想尽可能地搭配出多天不同的造型，这时百搭款很重要。我经常穿的那一件一定是“千锤百炼”出来的：自然、舒适、好搭配。为了达到这样的标准，我会不厌其烦地在一段时间里重复穿这件衣服。比如去年夏天我很喜欢一件男友风的宽大牛仔裤，不管去哪、见谁我都穿它。

在只有几件单品时，可以在配色或者搭配上做一些小巧思，如此便可让基础单品脱离单一感。不

Shirt

相信日常生活中，大部分女性朋友都很喜欢穿衬衫。基础的白衬衫穿在身上不容易出错，但与此同时我们也可以在传统的衬衫上面结合一些改良设计，例如拼接元素，也可以在白衬衫外叠穿黑色吊带，叠穿的方式可以展现出层次感。

Sweater

我不喜欢穿羽绒服，在冬天，毛衣加暖宝宝就是我的御寒主力。

Cap

我不喜欢化妆，所以我会经常戴一顶帽子。帽子对素颜也是一个很好的修饰。

Coat

不过时的黑色大衣可以穿几十年，质地厚重、样式经典，可以作为传家大衣。

Trouser

带抓绒的裤子是我的冬日必备。这种可以不用穿很多层就很暖和的发明真的很伟大。姑娘们在冬天还是要做好腿部保暖，要风度也要温度。身体好才是美一辈子的本钱。

要只钟情于黑白灰，很多时候最吸睛的是色彩，例如荧光绿、玫粉。有时跳跃一点的颜色搭配牛仔裤更出彩，再选择一双局部撞色的鞋子，便可出现很多意想不到的风格变化。

不常见的材质也会让人耳目一新，比如最简单的素色针织衫，搭配一条漆皮裤子来代替普通的裤装，瞬间就能吸引路人的眼球，不同材质的碰撞让漆皮不再廉价，素色衬衫不再普通，反而衬托了整体的优雅。

不要太刻板地遵循全身搭配不要超过三个颜色的法则，可以选择低饱和度色调，这样即使形成撞色，也不会有违和感。

向“时装精”偷师

Camille Charriere

卡米尔·夏里埃尔是一位在国外社交网络十分火爆的时尚博主，同时也是日常穿衣风格值得借鉴的代表。这位法国姑娘后来去伦敦念金融和法律，所以身上既有经典的法式优雅，又有叛逆的英格兰精神。她曾经跟时尚杂志聊过自己的穿衣理念，我觉得很有用，总结起来是三个“一”。

一件利用率高的单品

比如一个包、一双鞋、一条围巾、一条腰带、一顶帽子等。卡米尔·夏里埃尔说只要是适合自己的单品，她不介意重复穿。每个人都有最适合的那件单品，找到后可以重复利用，反复搭配出新的造型。

一件让人眼前一亮的大衣

她的衣橱里既有大牌，也有高街品牌。重要的是，有一件让人眼前一亮的大衣，可以直接和衣橱里的基本款搭配，并不需要过多的搭配功力。

一条好看的牛仔裤

她喜欢用不同款式的牛仔裤搭配大衣。不同的牛仔裤就是不同风格，像铅笔牛仔裤主打的是紧身风格，从视觉上看腿部线条会又直又细；阔腿牛仔裤气场会更强一点，休闲中又带有酷酷的感觉；拖地牛仔裤则又甜又酷，随便搭一个上衣就可以穿出很时尚的感觉。卡米尔·夏里埃尔偏好于古着的牛仔服饰。相对于现代制造的牛仔裤，古着的牛仔裤缺少弹性但版型挺直，所以从视觉上能让肚子变得平坦，臀部变得挺翘。她也很喜欢用九分牛仔裤搭配不同风格的短靴。

Gogoboi

作为近年内迅速在中国时尚圈崛起的新锐博主，Gogoboi 通常使用文字与图片的形式在社交渠道为网友点评时尚界明星的穿衣搭配，帮助很多人找到了属于自己的穿搭风格。我也与 Gogoboi 交流过关于服装搭配的心得，我们都有一个观点，一个人的气质是由内而外散发的，自信能让每个人散发活力和光彩，穿什么都因为这份光彩而更加出众。

虽为时尚博主，但 Gogoboi 并不认为时髦就是好看，穿出适合自己的风格才是最重要的。

从简单到复杂

在 Gogoboi 的穿搭法则里，简单穿搭很难脱颖而出。如果你还不太自信，或者不清楚自己适合什么，就从最简单的颜色、廓形、单品穿起，再慢慢往上叠加。

发扬自己的长处

对于不同外貌、身材的女孩来说，Gogobi 认为与其拼命修饰自己的短处，不如好好发扬自己的长处。不要太在意自己的缺点，如果你的优点够大，别人就不会在意你的缺点。比如有些人胳膊粗，但是腿很长，如果因为这个就完全拒绝无袖的衣服也得不偿失，如果你能穿一套质感特别好、显腿长的无袖连体裤，所大家只会觉得你高级时髦。

显气色穿搭法

衣服不能改变肤色，但穿对衣服能凸显我们的好气色。比如丝绸缎面这样的面料可以显得人气色好，深紫色、暗红色会让皮肤暗沉的人更暗淡。不要因为皮肤偏黑就觉得不能穿亮色，皮肤偏黑穿全身黑，那效果其实更不理想。

有个人风格才是时尚

说到时尚先锋，大部分人脑中跳出的概念是“奇特的”“前卫的”，但 Gogoboi 的时尚理念却是有个人风格。像我们说的每一句话、做的每个动作一样，我们穿的每件衣服也都是自己的表达。

你是什么人或者想成为什么人，就会穿成什么样。如果我们看到某件衣服就能想到某个人，那这个人就是时尚的。

包不再“治百病”

“包”治百病，不知从何时起成了一个“普遍真理”。不管是奖励自己还是安抚心灵，姑娘们总是喜欢用买包来解决问题。

以前我也特别喜欢在遇到开心或者不开心的事情时购买包包，但随着年龄的增长，大部分包我都不会买了，只有好看且好装的包我才会下决心买回来。

双肩包是我的常备款，既是减龄神器，也能装下很多东西，非常实用。搭配一个手包，基本可以应付所有场合。

对于年轻的女孩，中古店也是一个很好的选择，有一次我在日本的中古店买到了一个1970年代的二手Dior手包，非常划算，而且很漂亮。我还买过一个Fendi的中古包，款式在现在的设计里已经看不到了，十分特别。这种包我买下的时候，能看到时尚的传承和迭代，这份体验会让我觉得非常珍贵。

很多时候，包贵不贵、是不是大牌并不重要，重要的是符合你的气质、工作场合和身份，能让你在那一刻获得比一个包更多的东西。所以量力而行，背一个自己喜欢又适合自己的包，才是最重要的。

长大后，我觉得一个人如果鞋都是脏的，
那折射出这个人本身对生活就是不用心的。

你重视自己的“另一张脸”吗？

大概你也听过一句话：“鞋是女人的另一张脸。”这张“脸”可能不能直观地体现你的喜怒哀乐，但是却能在不经意时暴露你的内心秘密。

我喜欢穿平底鞋，而且很喜欢穿白鞋，同时我一定会保持自己的鞋很干净。朋友都奇怪我的白鞋怎么那么干净，明明穿了那么久。其实很简单，就是因为我经常拿出纸巾擦鞋。

我从小受外婆的影响很深，她对美丽的追求、对生活的注重潜移默化地改变了我。虽然她从来没跟我讲过艺术，但是她会画画、绣花，听京剧，放磁带，唱歌，这些对我性格的形成和审美的培养都有多多少少的提升。长大后，我觉得一个人如果鞋都是脏的，那折射出这个人本身对生活就是不用心的。

在我看来，一双好鞋的标准并不在于它的价格或设计，而在于合适。我妈妈从我记事起就穿高跟鞋。她可以穿着高跟鞋走路、逛街，甚至跑步。这种长期的习惯，导致她穿平底鞋反而不习惯。而我习惯穿运动鞋和一脚蹬的乐福鞋。其实这只是个人喜好，我见过穿高跟鞋气场十足的女王，也见过把平底鞋穿出自己独特风格的达人。常言道：“鞋子穿在自己脚上才知道合不合适。”鞋子归根到底的功能还是让我们走更远的路，只要保持整洁干净，穿起来舒服才是最重要的。

Tips

Meme
提醒

❋

第一，如果买高跟鞋，坡度和设计很重要，
不要偷懒网上买，一定要上脚试。
适合你的脚弓的角度和坡度才是一双好鞋的标准。
我有次在一个宴会场合穿了一双不合脚的高跟鞋，
痛得我只能站在原地，这就很尴尬了。

❋

第二，可以购买一些百搭款，
如经典流行的小白鞋、优雅大方的及踝靴、简单干练的黑色高跟鞋。这些基本可以搭配所有风格的衣服。

\# Meme 日记 #

2016 年采访纪梵希先生，问他什么是法国时尚，他说：“伊夫 · 圣罗兰死了，法国就再也没了时尚。”今天终于到了马拉喀什，参观了他的博物馆和花园，有种莫名的感动……

\# Meme 日记 #

服不服？就拎了这个包飞洛杉矶。过海关被拦，问我行李呢，我说就来三天，这个包足够了。他们说，这不符合女人出门的规律。海关不知道，一年三百四十天我都在外，平均三天飞一次，因为时差，下飞机就吐。我见到行李箱和飞机也条件反射地想吐，刚下飞机又吐一顿。其实外面再好，也不如在家舒服。

Meme日记

不知是不是长大了，买衣服、包的物欲越来越小，反而把时间留给了美术馆。很幸运地看了培根和弗洛伊德大师的画展，以及在大皇宫的摄影展。我还在巴黎找到了超爱的意大利画家洛伦佐，收藏了几幅他的小画，买了几张 1910 年的老照片……特别开心。

Meme日记

亲妈开始盯着我减肥，这一个多月没怎么出门运动，但在她的严防死守下，我差不多瘦回去七斤。如果每一个想减肥却瘦不下来的人的亲妈都开个“生无可恋减肥食谱”课程，那么她们想不瘦下来都难！用她的话说：“你看我把你养的，从小到大就没胖过。”

·护肤，基础护理是关键·

我妈妈非常讲究护肤，在她的影响下，我从4岁就开始用护肤品，产品很简单，就是当时的雪花膏。虽然那时候我很小，但是擦护肤品就像每天要玩的游戏一样，慢慢地，它变成了一件必须做的事。长大后，这种必须要做的事成了我的每日仪式。

可能很多人都会买很贵的化妆品，但是很少有人持续地关注基础的护理，但正是这种日复一日、年复一年的坚持，看似没有什么立竿见影效果的慢功夫，才是跟皮肤沟通、建立联系，让皮肤变得健康的关键。

在我看来，类似清洁、保湿、防晒这些基础护理不做好，再好的妆容都无法遮掩皮肤的倦态。

很多朋友也会问定期去美容院会不会有效果，其实我很少去美容院，因为每次都要一个多小时，我平时很忙，很少有整块的时间。但我觉得完全可以参考美容院手法，自己在家实现，用的产品还会更适合自己。其实养成良好的作息习惯,遵循简单的按摩手法,在家日常护肤就足够了。

对于平时使用的护肤品，我个人的心得是，不一定要买特别贵的，但是要买有品质保障的。护肤产品最重要的是科技专利，做科学实验是需要研究经费的，有雄厚资金的支持，才能在科研上投入更多，在产品调研上也会更严谨。

彩妆方面我则会多样尝试，比如我的很多口红也才六七十块钱一支，很便宜。

正是这种日复一日、年复一年的坚持，
看似没有什么立竿见影效果的慢功夫，
才是跟皮肤沟通、建立联系，让皮肤变得健康的关键。

如果你已经找到了适合自己的产品，最好不要轻易更换，最多根据季节更替做一些局部调整。可能有很多人和我一样，是敏感皮肤，这基本就意味着我们告别了可以随意在自己脸上“做实验”的机会。反过来讲，我推荐的产品大部分人都可以放心使用，因为我是连酒精都会过敏的肤质，为了验证某些产品里有没有酒精，我还会倒在手上，用舌头尝一下。

此外，积极的心理暗示也会让自己的状态变得更好，平时我会不停地表扬我的皮肤，跟它说：“你真好呀，你真照顾我。”

千万不要小瞧这种暗示的力量，可能大家都听过雪花的故事，对着还在生成的雪，不停地赞美和不停地诅咒，最后雪在显微镜中显示出的结晶是截然不同的。说白了，这种心理暗示的力量就是信心。

· 护肤一定要做这些 ·

在护肤这件事上，最简单、最重要，也容易被人忽略的一个原则就是：遵从皮肤本身的规律，保持良好的睡眠。有三件事是我护肤一定要做的。

STEP1 清洁

第一件事是保持足够但不过度的清洁。每天早上用清水洗脸，每天晚上我都会卸妆。有时候我在国外工作，还要倒时差，但即使非常困，我都会坚持爬起来把脸洗干净再睡。极个别情况，没洗脸睡了，我醒来后也会把清洁功课扎扎实实再做一遍。即使不用彩妆，防晒也是需要卸妆的。我用的卸妆产品很简单，就是很常见的卸妆油。但我会把眼和脸的卸妆分开，卸完后用洗面奶洗脸，这样的话，脸上通常不会再有残余。

很多人觉得要把脸清洁干净，那就要定期敷一些深度的清洁面膜。因为我个人的皮肤比较敏感，角质薄，所以我并不会过度深度清洁。我习惯用适度的手法去按摩皮肤，这样能准确地把握皮肤所需要的力度， 手对皮肤的拉扯更轻柔，更适合敏感肌肤。有一张干净的脸，才不容易积痘，方便精华渗入皮肤里。

STEP 2 保湿

第二件事是保湿。早上起来后，我通常只用清水洗脸，擦一层保湿水，再擦一层精华。也许有人会觉得一层层地往脸上糊多层面霜才有安全感，但这种方式其实是有个体差异的，没有考虑到皮肤本身的承受程度。健康的皮肤需要透气，薄薄的一层保湿水已经足够，剩下的空间留给你的皮肤，让它自然地分泌出健康的油脂。

晚上做完清洁后，面膜是必不可少的步骤，但是我不会选择功能太复杂的，一些“美白面膜”其实都含汞，对皮肤并不好。面膜作为基础护肤的一个步骤，不能被神化，太复杂的功能并不会在短短的十几分钟内就被皮肤吸收。所以我只用最基础的保湿面膜，一周三四次。辅助一些手法把水真正拍进皮肤里。这些都结束后，除非皮肤特别干，我才会再擦一层保湿水。最后擦一遍眼霜就够了。

STEP3 防晒

第三件事是涂防晒，也是最重要的步骤。我从十几岁开始涂防晒霜，除了在家的日子，几乎每天都涂。我曾跟朋友开玩笑说，我可以“裸奔”出门，但我绝不会不擦防晒霜出门。

防晒可以避免紫外线对皮肤造成损伤，但很多人擦了防晒，还是出了晒斑，原因就在于用量不正确。一次正常有效的用量应该差不多是两粒黄豆大，太少没效果，太多容易泛白。

护肤的关键就在于“合适”，做好清洁、做好保湿、做好防晒，皮肤就会让你很省心。

❀ 我的保湿“秘密武器”

不要盲目跟风别人觉得好用的产品或技术。做好保湿、做好防晒就是百分之百的真理。

有句话说：“工欲善其事，必先利其器。”护肤也同样如此。孜孜不倦地坚持基础护理是必需的，但是充分了解自己，善于求助和利用高科技手段才可以帮助皮肤变得更好。

比如很多困扰我们很久的皮肤问题，其实是天生的。像我的颈纹大概从小学时期就有，至今无法彻底消除。类似这种情况只能借助于医疗美容才能解决。随着我们生活水平的提高，每个人对美的需求也越来越高，所以去追求更美的自己是很正常的事情。正规的医美我是鼓励的，我自己也打过水光针，也曾去台湾做干细胞治疗。能够聪明地利用适合自己的医美把皮肤变好，长久地维持年轻态，是件很棒的事情。

如果真的需要去做医疗美容的话，还是一定要去专业的医疗机构，由专业医师全面评估后再谨慎操作。我曾经有过一次并不成功的经历，之前在洛杉矶拍片，虽然涂了防晒霜，但是紫外线太强，我还是晒出了斑。回国后，一位医生跟我建议这种晒斑需要打皮秒才能去除干净，但是他并没有充分了解我的肤质，就用常规的手法开始操作。最后的结果是我的脸被烧伤了，那几个月经常红肿发痒，并且更容易过敏了，大概恢复了半年才慢慢缓过来。

所以，合理利用医美以及能够帮助皮肤的外力，都需要有一个自我判断。这个判断基于对自身的充分了解，包括自己的肤质适合做什么、不适合做什么，才能选择出真正适合自己的方法。同样，也不要盲目跟风，别人觉得好用的产品或者技术并不一定适合你。做好清洁、保湿和防晒是百分百的真理。

Tips

Meme
提醒

挑选护肤品的标准，
取决于肤质，而非年龄。

一瓶卸妆液卸全脸妆的做法会刺激皮肤，引发炎症，
导致不适，造成皮肤敏感。针对不同部位使用专门的卸妆液，
既卸得干净又会使肌肤稳定。

如果皮肤长痘痘，不要着急，解决痘痘的
对策有很多：改善生活节奏，健康饮食，
不要吃油炸食品，多吃抗氧化的食物。
针对不同年龄段，解决长痘问题的对策也不一样：
年轻的时候是青春期荷尔蒙因素，
年龄大一些的人可能是压力型痘痘。
解决便秘问题、改善颈肩的血液循环也会有助于祛痘。

Tips

Meme
提醒

❀

不打针的情况下如何改善眼部皱纹和细纹?
先用化妆棉蘸上保湿产品，敷在眼睛上，然后戴上
会发热的眼罩，可以帮助产品很好地被吸收，
保湿眼周肌肤。每次 5-10 分钟即可，
记得在化妆棉变干之前将其拿掉。

❀

如何晒后急救呢?
如果在外面晒了很久，回家后脸还是红烫的，
可以先用凉水温柔地洗脸，进行物理降温。
降温后敷一个保湿面膜，让皮肤充分地补水保湿;
如果皮肤已经被晒出了斑，或者肤色变深、长久不褪的话，
要想恢复可以去求助医美。
但是需要提醒的是，包括美白针在内的产品，
都需要参考个人的具体情况和体质，根据医嘱谨慎使用。

❀

妆容对于健康皮肤来说，多少都是在增加负担。
如果是皮肤比较好的女生，我个人建议尽量少化妆。
担心气色不好的话，可以涂一层薄薄的粉、
一点点口红和眼影，就能够点亮整个人。

山崎医生 (DR.IROH) 是我的护肤顾问，在日本也被称为美容领域的“神之手”，她建议我们如果有条件的话，除了基础护肤，也可以定期用仪器做一下导入，因为护肤品只会停留在表皮层，而产生色斑等皮肤问题都在基底层，普通的护肤无法渗透进去。

山崎说过，市面上绝大多数化妆品都含有添加剂。有些产品可以做到不含添加剂的原因是，它里面使用经过两万倍浓缩的特殊的深层海水作为基础，可以有效阻止细菌等物质繁殖。在选择护肤品时，我们尽量选用天然、没有使用以石油为原料合成的表面活性剂等添加剂的产品。而判断卸妆液是否含添加剂的方法是遇水会不会变白，会变的话表明里面添加了防腐剂和表面活性剂。

山崎认为清洁很重要。她只要化妆就必定卸妆，再洗一次脸。一些洗面奶也会含有表面活性剂等成分，山崎推荐用氨基酸洗面奶洗脸，其含添加剂相对较少，之后再涂水、面霜、防晒等。

针对现代人经常出现的黑眼圈，山崎表示黑眼圈的形成原因在于脖子的血液循环。由于长时间使用电脑或手机，身体长时间保持前屈的姿势会导致脖子前面的血液循环不畅，最终导致黑眼圈的形成。可以对脖子进行适当的热敷，睡觉时的睡衣最好选择有领子的睡衣，将领子立起来睡觉，或是使用肌内效贴布——一种专门的胶布，把它贴在脖子上。这样做可以增强眼周弹性，甚至会比一些眼部产品更有效果。同时睡觉的床垫不要太软，包括不能躺在软软的被子上睡觉，如果床太软，睡觉姿势不正确，脖子沉下去，对颈椎和血液循环都不好，也会加重黑眼圈。

DR.IROH

Tips

山崎医生的洗脸小贴士

准备阶段

准备卸妆洗脸之前，手要擦干，不可以是湿的。

Step1 多挤一些卸妆产品，这样可以减少手对面部的摩擦。然后将卸妆液用手掌摩擦焐热，因为卸妆液的温度低会使清洁力相应减弱。

Step2 用手在脸上轻柔缓慢地按摩，尽量不要拉扯皮肤。需要按摩半分钟。

Step3 左手和右手分别置于额头和下颚，用手掌左右来回横向轻轻按摩，幅度一定要特别特别小，不要拉扯皮肤，不然会产生皱纹。

Step4 然后左右手分别置于双颊，用手掌心打圈按摩。力道要轻柔，不要将手指全部并拢，否则力道会过大。

Step5 按摩到人中的时候用手指细致地打圈按摩，也可带到耳朵、下颌角等容易被忽视的角落。

洗卸妆液

用温水洗 30 下，清洗时动作要轻柔，
不要用手拉扯皮肤，应想象成受伤后洗脸的
力道和速度。
把卸妆液冲干净后擦干，擦的时候也不要摩擦，
将脸沾干就可以。（冲脸的时候记得洗干净发际线、
眼皮和鼻翼，这些死角很容易被忽视。）

洗脸

洗脸建议用起泡网，可以打出很绵密的泡沫。
把洁面皂用起泡网打出大量泡沫，
一定要把泡沫打够量并且够细腻。
大概耗时 1 分钟，打出一个大概苹果
一样大的泡沫，放于手中。
然后把泡沫均匀地涂抹在脸上，手不要
直接去按压脸部，让手和脸保持一定缝隙，
像在摇泡沫一样按揉 30 秒，这里可以
给自己进行心理暗示：我很开心，我很好看，
抱着这样的心态来洗脸。
冲的时候也不要去压皮肤，像洗卸妆液时一样，
动作要慢慢的。这样清洁后的皮肤，
有助于后续的保养，更好地吸收。擦脸的时候尽量
选择纸巾或擦脸巾，因为毛巾经
过反复洗涤会有细菌，对皮肤也会造成伤害。纸巾选
择也很重要，要选择没有漂白剂的。

爽肤水

用按压的方式，在涂抹的时候也要想象成脸
受伤了去涂它。不要一洗完脸就擦爽肤水，等皮肤
彻底干了后再擦效果会更好一些。

Tips

Meme
提醒

❀

采用山崎的护肤方法，
洗完后的皮肤不仅不会变干，还会变
得轻盈。护肤这件事，一开始看不出效果
的时候你可能会觉得很麻烦，但是当有了明显的
效果后，就会觉得花时间护肤是一件非常令人开心的事情。
因此哪怕最初只用五分钟、十分钟，
也希望你可以为护肤专门腾出这个时间。

❀

锻炼眼周肌肉，也可以淡化黑眼圈、减少细纹、
增强眼部肌肤弹力。把双手呈 C 形放在
眼眶上，做望远镜一样的动作，转动眼珠，努力看向手指内侧，
让视线呈 Z 字形移动。每个角度
停留十秒，一分钟一轮，一天两轮。
热敷后颈处，将热敷贴贴在大椎穴的位置，
既可以放松颈肩，也可以消除黑眼圈。

泡澡具有活血、放松肌肉的功效，这点是毋庸置疑的。
泡完澡，整个人感觉都被“抛光”了。

说起最爱泡澡的民族，日本人大概可以排世界前三。在日本，家家都拥有设备齐全的浴缸浴室，公共浴室随处可见，各种疗效的温泉也到处都是。日本甚至还打算把泡澡申请“非遗文化”，这种全民泡澡的力度，大概也是日本人人均长寿的秘诀之一。

在日本，一个家庭是在一起共享一缸泡澡水的。泡澡前，全家人会先分别淋浴洗澡，把身体洗干净了再去泡澡。比如我在日本的寄宿家庭里有男主人、女主人，一个 3 岁和一个 9 个月的小朋友，从男到女，长幼尊卑，按照顺序泡澡。之所以能够保证一家人泡澡也不降温，是因为他们会在浴缸上盖一个盖子，每个人洗完了再盖上，非常保温。

虽然对于女人，尤其是体寒的人来说，泡澡是很好的放松和保养方式，但是想到每天都要放水、准备，我就觉得既浪费又难坚持。我甚至是那种“见人才洗头”的人，有时候甚至会为了让我今天洗的头发挥最大的效用，我会高密度地见好几拨人。

我是住到日本后，才开始习惯每天泡澡的。每次跳完舞后的肌肉酸痛，真的需要一缸热水来放松。讲个小故事，这也是我面临的在日本生活最大的“挑战”——想泡澡，就需要跟寄宿家庭共享这一盆泡澡水。

虽然我也可以把他们泡过的水放掉再重新接水，但是觉得自己既然是来体验寄宿家庭的，就应该完全融入他们的生活。而且我不希望自己的行为给别人添麻烦或者让别人心里感到不舒服。

所以我花了很久来克服自己关于“共享”的这个心理障碍。最后说服自己的方式就是，就把它当作一个公共泳池吧，除了小一点，也并没什么区别。后来我在这家都会选择最后一个去洗澡，冲完淋浴后，我会偷偷掀开浴缸的盖子，进去泡一会儿，泡完后，我再悄悄把盖子盖回去，“假装”自己没泡过。大概我的日本“家人们”也觉察到了我的小心思吧，大家一起保持着这份默契，一米的小浴盆，腿都伸不直，可能是我泡过的最不性感的澡，却也是最难忘的。每晚看着冒着蒸气的热水，我从抗拒，到开始享受这份泡澡的快乐。

回到国内，因为怕麻烦，泡澡的习惯又中断了，但是短暂的日式泡澡还是给我带来了很多体会。泡澡拥有活血、放松肌肉的功效，这点是毋庸置疑的。泡完澡，整个人感觉都被“抛光”了。让我最享受的，还是泡澡那一刻的独处时光。在一个蒸气氤氲的小浴室，小小的池水里可以让你放下所有烦恼。水里放入自己喜欢的浴盐、浴球，点上香薰蜡烛，放一点音乐，比起身体疗效，泡澡给心灵带来的按摩和放松更令人需要。

❀ 我在日本寄宿家庭泡澡

泡澡之所以重要，是因为我们除了要认真照顾自己的脸外，还要认真照料自己的身体。但是很多时候，人们并不知道自己身体和脸上的皮肤多半是不同的肤质。

我也是后来才发现的，比如我的脸上并不长痘，但是后背偶尔会冒痘。医生告诉我，身体需要的护肤品和脸需要的截然不同。从那之后我就摒弃了沐浴露——对于油性的后背肌肤并不适合，改用杀菌去油的香皂，很简单的改变，就拯救了我的后背。

Tips

Meme

提醒

❀

同一个人身上和脸上的皮肤肤质截然不同，
如果你有脸上不适用的护肤品，
不如在身上试试，可能正合适。
身体和脸一样，如果底子不错，就不要过度护理，
基本的保湿护理就足够了。

❀

身体乳中掺入维 C 粉可以
使皮肤提亮，看上去更健康。

·怎么做个氛围美女？·

有了好皮肤、好发型，
人就会充满“氛围感”，自然加分
和变美很多。

最近流行一个词：氛围美女，这种女孩子的外貌可能并不会一鸣惊人，但是整体给人的感觉舒适自然，令人如沐春风。“氛围美女”的标配是干净的皮肤、简单得体的装扮，最重要的是还要有一头乌黑健康的头发。

一头发质优良的头发不仅是外表的加分项，也代表了这个人的健康状态。所以头发护理的重要性也并不亚于脸。我对头发护理的经验和脸部护理一样，简单是最大的原则。

我平时对头发只做基础护理，就是把头发洗干净，吹好，精油通常也不涂。

至于烫染，我尝试的次数屈指可数。我曾经在拍摄《谢谢你，加州》的时候去当地的美发店染了头发，那次体验完后，我对烫染的想法有了一些改变。因为当时用的染发剂质量确实非常好，之后我建议朋友，如果一定要做烫染，那就要精心选择烫染产品，化学试剂对头发的损伤可能是永久性的。

现在为了上节目，造型师也会用吹风机、卷发棒等做一次性的造型，我觉得也挺好看的，会偶尔产生一些烫发的冲动。但是一想到烫后需要每天打理，就放弃了。对于我们大部分人而言，头发的护理只要做到了简单干净，就不会出错。

好的发型是加分项，要做的就是找到一个适合自己又容易打理的发型，并不需要经常更换。比如 20 世纪 60—80 年代的老电影里，有很多简洁的发型、着装，直到现在都不过时。有了好皮肤、好发型，人就会充满“氛围感”，自然会加分和变美很多。

别忽视了最容易暴露年龄的颈部保养

其实女人衰老，最明显的信号就是脖子上出现了大片颈纹。颈部是暴露年龄最明显的部位，我们往往在意面部和身体的护理，忽视了颈部这一最容易衰老的地带。

颈部护理其实并不复杂，在护理面部的时候，做到颈部即可，比如很多人都喜欢定期去角质，在去除面部角质的时候，也帮颈部去一下角质，这样颈部皮肤也会有光泽。在帮面部涂保湿水和防晒霜时，也同时护理一下颈部。这样我们才能让颈部皮肤看着水水的，防止皱纹产生。

当然如果能购买专业的护颈霜，皮肤更易吸收。将维 C 粉放入热水中溶解后，用它按摩颈部十分钟，可以有效去除颈纹。此外，还可以做一些医疗美容项目，比如注射小分子玻尿酸，大概一个月打一次，连续打三个月。我做过之后，发现颈纹变浅了很多，较好的颈部状态维持了大约一年时间。

Tips

Meme

提醒

❀

洗完脸记得用吹风机吹干发际线
部位，不然容易脱发。

❀

头皮松弛会导致脸部皮肤的松弛，
这几年流行的头皮护理品大家可以适当购买，
抹在头皮上，既滋养又气味芬芳。

❀

食谱是最好的美容药方，其中豆腐鱼骨汤
比较管用，可以补充胶原蛋白，
既有营养又能淡化颈纹，让皮肤水嫩光滑。

Meme日记

说下这两个月的寄宿生活。我习惯了日餐，喜欢上了做饭，更了解日本普通家庭的日常生活。最难忘的是刚来的时候，非常想泡澡，日本人是一家人泡一缸水，他们四口人泡完之后，我想换水，可一想到这会给人家添麻烦，就放弃了。思想斗争了一个星期，抵不过全身肌肉酸痛，想想就当去公共泳池吧，一个踏步就进去了！一米的小浴盆，腿都伸不直，是我泡过的最不性感的澡，却是最难忘的。从那以后，我就告诉自己，你都泡过人家用过的洗澡水了，还有什么不能克服的困难。我们全家人都不信，我一个有洁癖的人，居然能用别人泡过的泡澡水。我告诉他们，当我迈进洗澡盆的时候，就觉得自己跨过了尼罗河。

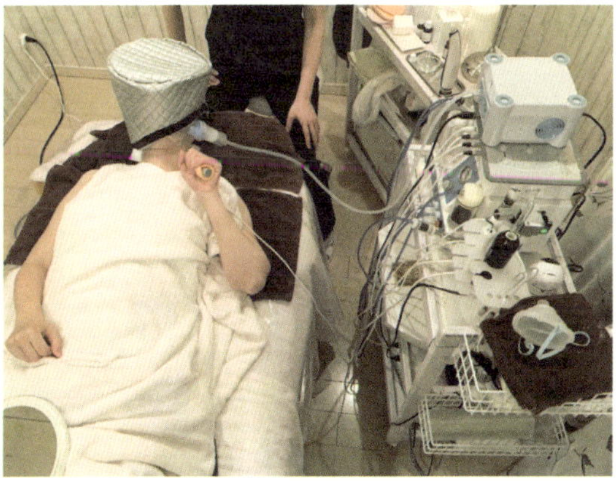

Meme日记

为了写新书，我花了血本，请连续两年日本排名第一、号称“神之手”的山崎小姐做面部护理按摩。从最先进的再生细胞到2000倍盐的海水，再到氢气水，前后四个小时，光洗脸就洗了三次。躺到快要崩溃，为写本书，容易吗？

5

Health

健康是一切的基石，它像数字 1，而之前提及的一切都是 0。没有这个 1，后面的 0 就没有意义。

保持身体上的健康，我觉得并不难，可很多人却很难做到。首先是要吃得健康，多油多盐多糖的食物都是不健康的。其次是尽量保持良好的作息，日出而作日落而息是千百年的传统，可毕竟时代不一样了。现在很多人熬夜蹦迪，夜夜笙歌，吃烧烤涮火锅喝啤酒，好像也过得很痛快。可我觉得，做任何事都是有代价的，命运早已暗中为每样事物标注好了价格，只是我们还没察觉。

我在 30 多岁的时候，第一次拥有了马甲线，这让我非常有成就感。我曾看过一句话："30 多岁的人，除了发胖，干什么都不容易。"但我并不相信，所以 30 岁后，我对自己饮食、身材的管理更加严格。这么多年来，我滴酒不沾，至于蛋糕，也只有在生理期的时候才会奖励自己一块。

因为健康的生活习惯，我也变得更自信了。我会经常给自己定一些小目标，每完成一个，都会感谢那个自律的自己。

我相信，和我一样，如果你可以进行合理的健康管理，你也会感谢自己所经历的一切。

命运早已暗中为每样事物标注好了价格，只是我们还没察觉。

I
DIET
饮食

·改变你的状态，从好好吃饭开始·

我们时常会有一个疑问，一个女人，应该活成什么样子，才算是最好的生活状态？

很多人会说事业和家庭兼顾，也有人说内心丰盈，不疾不徐。我觉得两者都有道理，但我更喜欢落到实处，比如皮肤的状态、身体的活力……只有将生活分解成具体的目标，才能更有节奏和幸福感。

容貌和体态，归根到底体现的是一个人的生活态度和生活方式。没有什么精致是天生的，优雅的女人都懂得如何管理自己，不过第一步并不是控制饮食和维持身材，而是从好好吃饭开始。

4 岁前，我的体质都很弱。我还记得小学一年级记录身高体重的卡片上写着：田朴珺，1.1m，28 斤。到了二年级，体重长到了 32 斤，但还是远低于平均标准。因为身体弱，从小好好吃饭对我就很重要。

我自小生活在外婆身边，她为了给我补身体，经常做很多好吃的。外婆最爱说的是："早饭要吃得像皇帝，晚饭吃得像乞丐。"在这种养生之道的指导之下，我的早饭都非常丰盛。外婆常常会炖一斤的酱牛肉给我，大排、鸡腿、猪肝也都是我早餐餐桌的常客。这种习惯延续到现在，以至于有朋友看到我家早饭都会感叹："你怎么一大早就吃红烧排骨！"

好好吃饭能让人体摄入足够蛋白质、维生素和矿物质，
让整个人的状态看起来更加年轻饱满。

❀ 部分菜品和食材来自
ABC Cooking Studio

看到令人惊愕的早餐分量，会有人问我：“你吃这么多吗？”很多人觉得不吃就会瘦，这其实是很严重的误区。我也曾试过一周只喝果汁，但是这种不好好吃饭的“减肥法”，对我们的身体危害非常大。

好好吃饭能让人体摄入足够蛋白质、维生素和矿物质，让整个人的状态看起来更加年轻饱满。很多人的误区是，节食就可以保持状态和身材，其实饥饿时，身体会自动调节到节能挡来维持基本的生命体征，如果你总是吃一餐饿一餐，那么身体会以为你正在遭遇饥荒，会自动降低代谢，肠胃功能紊乱，还会储存脂肪。所以三餐一定要吃，还要吃得合理，如果身体出了问题，之后想减肥都很难了。

Tips

Meme
提醒

❋

一定要吃早饭
还要吃得丰盛，早餐的好坏决定了
一天体内新陈代谢的质量高低。

❋

早起可以喝杯温水，
吃饭前先给肠道排排毒。

❋

外婆的食谱：
将五仁、核桃、黑芝麻、松子、花生等
五种坚果磨成粉放在牛奶里，
把身体一天所需的微量元素
都用食物来补齐。
早上喝非常滋补。

越年轻，越要吃得多

从小我的食量就比同龄的孩子大。我曾有过一个“壮举”：3 岁时，我随妈妈去旅行，路过德州时，妈妈给我买了一只德州扒鸡当作中餐和晚餐，可 3 岁的我一顿饭就把一只鸡吃完了。十岁的时候，我便可以一餐吃四块大排了。

很大程度上，我的饭量是由我对食物本身的喜好程度来决定的，但也有朋友计算过，我一顿饭能吃两斤多肉。我上大学时，有一次食堂做了我最爱的土豆炖豆角，那天我不但吃光了自己的那份，还连吃了三位男生没吃完的部分，后来他们给我取绰号：“David tian”（大胃田）。

我的经验是：越年轻，越要多吃。就像举重练习，如果负重高于你的运动量，那就能轻易举起目标重量。同理，在年轻能代谢掉的时候，多吃也可以提高你的新陈代谢率，让你感觉一整天都能量充沛。随着年纪增长，代谢即使变慢，也会快于平均水平，人就不会那么快地胖起来。

只有找准了自己的所属体质，然后针对性地规划饮食，才能让身体和状态越来越好，成为你所期待的模样。

在年轻能代谢掉的时候，多吃也可以提高你的新陈代谢率，
让你感觉一整天都能量充沛。

正常体质

针对正常体质的人，其实只需多吃新鲜的蔬菜、水果以及五谷杂粮。

气虚体质

如果你总是说话没有力气，出虚汗，那你属于气虚体质，要多吃一些具有健脾益气功效的食物，如蜂蜜、香菇、白扁豆和桂圆等。

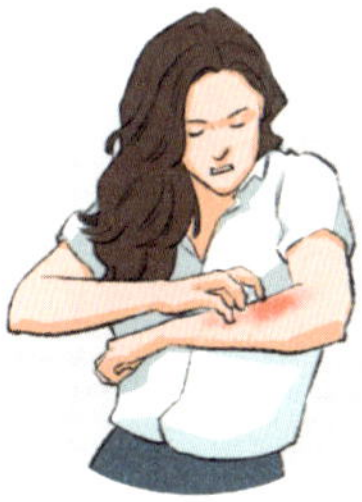

湿热体质

皮肤油腻、容易长青春痘的人属于湿热体质，饮食方面要清淡一些，多吃一些具有甘寒功效的黄瓜、苦瓜、冬瓜以及绿豆，避免吃热性的肉类。

阴虚体质

怕热，总是感觉到手脚心发热而且脸颊红润、皮肤干燥的人属于阴虚体质，应该多吃一些具有甘凉滋润功效的百合、冬瓜和芝麻。

气郁体质

多愁善感、身体偏瘦，这就属于气郁体质，应该多吃一些具有醒神和消食功效的小麦、海带、萝卜和山楂。

阳虚体质

手脚发凉、不敢吃太凉的食物的人属于阳虚体质，要尽量少吃一些生冷寒凉的西瓜和梨，多吃甘温益气的花椒、韭菜和胡椒等。

Tips

Meme

提醒

❀

尽量早吃晚饭，在七点半前吃完，
不要给肠胃造成太大负担。
有时候因为倒时差我吃晚饭的时间很晚，
就会选择不吃。
很多明星因为减肥，下午四点后就不吃东西了，
但如果不是在很激进地减肥，还是不要借鉴，因为很难坚持。

❀

绝不吃夜宵。
吃夜宵会导致胃肠道负担加重，影响睡眠质量。
长时间吃夜宵容易导致过度肥胖、皮肤变差，
保持健康从不吃夜宵开始！

❀

尽量少吃、不吃油炸食品。
我很喜欢日餐，但是天妇罗我基本不吃；
炸油条很香，但是一年我也只吃一两根。出
于健康和减肥的考虑，
每个人都要强迫自己少吃油炸食物。

小时候，我家里主要是爸爸做菜，妈妈是不太会做菜的，每次她一下厨，都会给人一种如临大敌的感觉，这让我从小就觉得做饭是一件很烦琐的事情。长大后，因为外卖行业实在太发达，我就更加没有了做饭的动力。

但是，2019 年的一次经历意外地改变了我对做饭的看法。我与一个日本家庭共同生活了将近三个月，有了很多围观日本家庭女主人为家人准备餐食的机会。女主人总是充满自信地向家人宣布“十五分钟后开饭”，果然，十五分钟后，一桌营养又好吃的餐食就像变魔法一样呈现在大家面前。对于做饭，她经常挂在嘴边的话就是“easy”。这些让我对做饭产生了前所未有的兴趣。我想，也许我也能试试。

自从 17 岁来北京，我很少有机会在家吃饭。熟悉我的人知道，我很少有晚餐的应酬，但是我喜欢和朋友们一起吃饭。如果朋友叫我，我很愿意出门陪他们吃饭，因为只是和朋友聊天，围坐在一起就很开心了。

中国人是讲究用吃饭进行情感交流的，如何吃、在哪儿吃，都不如跟谁吃重要。如果跟你吃饭的人很无聊，即使你在一家环境优美、餐饮讲究的米其林三星餐厅，心里想的大概也是赶紧吃完走人。

借宿日本，看到女主人十五分钟烹调好餐食，一家人其乐融融地围在一起吃饭的场景，让我再次深刻感受到了食物带给人们的温暖。在那两个多月里，我很少出去吃饭，也慢慢尝试自己做饭，就是希望尽可能地留住这份温暖。

中国人是讲究用吃饭进行
情感交流的，如何吃、在哪儿吃，
都不如跟谁吃重要。

好吃的饭不需要很复杂

在与日本家庭生活的三个月中，我正常吃肉和米饭，可竟然吃瘦了。所以提到健康的食物，我现在的理解变得更多元了，我想给大家介绍的并不单单是水果、沙拉、糙米这种单调的健康餐谱，而是像在日本家庭里吃到的那样，好吃、好看、暖和，操作简单，在家就能轻松完成的食谱。

RECIPE

菜谱

厨房小白也会做的
健康料理

❀

我最喜欢的美味又简单的，也是在女主人的
影响下学会的两道日本料理：
土豆炖牛肉和寿喜锅。

土豆炖牛肉

25 分钟

❶
洋葱切成丝，土豆、红萝卜去皮切滚刀块，
牛肉切片备用。

❷
锅烧热加少许油，
放入牛肉炒出水汽，盛出备用。

❸
再加少许的油，放入洋葱、土豆、红萝卜，
翻炒 2-3 分钟，加入调料汁翻炒。
（如果用油炸一下土豆和红萝卜
会更好吃，不过为了健康还是省略吧。）

❹
加入没过土豆的水，加入牛肉，
盖上锅盖焖煮 15-20 分钟，土豆焖软
即可收汁。拌饭再美味不过了。

寿喜锅

15 分钟

❶
老豆腐切小块先放锅里面煎一下。

❷
大葱切斜片，金针菇、蓬蒿草洗净沥干，香菇切成刀花状。

❸
黄油切一块在加热的锅里面溶化涂开。

❹
放入牛肉煎一下，并在牛肉上撒少许糖。

❺
倒入酱汁（酒、日本酱油、少许水）。

❻
把牛肉推到一边，放入香菇、金针菇、豆腐、大葱、魔芋丝，再在中间放一把蓬蒿菜，盖上锅盖焖一会儿。

开锅就可以享用了，记得配上新鲜的生鸡蛋液一起吃哦，真的是滑嫩多汁，味道鲜美。剩下的食材第二次放入的时候，记得要把前一锅的蔬菜都吃完了再添加。

Tips

Meme
提醒

在日本家里做的寿喜烧很简单，关键是要用寿喜烧专用酱油和优质的肉。这样做出来的寿喜烧甚至比外面卖的还好吃。

传统日本料理有一条原则，即“美味不能掩盖食材原有的滋味”。所以日餐不比中餐工序复杂，大部分都会用蒸的方式进行烹饪。不过这种方式对“一人食”反而很友好，可以一次性把当天所需原料都蒸出来，每次吃的时候，加工一点点。

日本餐食里菜品的种类很多，但是分量都很小，很多时候，一份便当里会各种蔬菜只放一块，只是一根胡萝卜，一家人就可以分三顿吃完。但是里面一定是花花绿绿、肉菜齐全，营养均衡。

在日本我自己吃饭都吃得非常简单，小小的几个碗，有肉、有菜、有汤，食材新鲜、烹饪简单，一口一口吃完，饱腹又不浪费。这个过程很短，通常一顿饭也就十几分钟，但让我很意外的是，我竟然在吃饭上找到了另一种仪式感。

我在日本的寄宿家庭，女主人要带三个小孩子，看她有时忙到焦头烂额，我就主动请缨来分担做一些简单的菜。比如下午做饼干，晚餐做蔬菜汤、煮饺子、烤条鱼。

在这个过程中，我突然有点明白，为什么自己会喜欢上做饭。菜板就像画板，五颜六色的蔬菜像颜料，做饭也可以是另一种艺术形式，是生活的表达。从烹制到就餐，都是认真体会和感受生活的过程。

后来回到北京，回到忙碌的生活，我还是会享受自己做饭的时光。

繁忙的都市生活让现在的年轻人很少下厨，大多是点外卖或者吃速食，吃到的饭不是太油，就是不新鲜，久而久之对身体有很大的潜在危害。我曾经觉得这件事可能是没办法改变的，但是跟一位著名营养学家聊过，他说健康饮食可以从很多小细节做起，即使选择外卖也有技巧。原来忙碌的都市人也可以用自己的方式管理好身体。

和营养学家见面的当天，我们中午工作餐点的是外卖，他当时就给我上了一课。他说作为营养师，他吃的其实没有大家想得那么讲究，总结了一下，大概只有几类食物他是不吃的，比如不利于健康的食物，像很多亚硝酸盐超标的腌制类食物，会增加食道癌、胃癌的发生率，虽然饱含家乡味，但他现在是不吃的。还有烧烤食物以及加工肉类（如火腿肠、培根、各种肉类罐头等）；反复煎炸的食物（如路边摊上的油条、油饼、煎饼果子、炸鸡排等），我们一样，都不会吃。女孩们都喜欢的奶茶风潮我们俩也都不追，因为大部分奶茶含有过多反式脂肪酸，会引发肥胖、血栓，对健康很不利。

健康饮食可以从很多小细节做起，
即使选择外卖也有技巧。

不过专家还提出一个观点，让我颇为意外。他说外卖麻辣烫并不如大家想得那么不健康。麻辣烫通常有绿叶蔬菜、豆制品、藻类、菌类、鱼、蛋类等，在保证卫生的前提下，这种搭配其实比一般的快餐都更合理健康。

·怎么循序渐进吃得更健康？·

很多时候我们不是不知道自己吃得不健康，只是缺乏改变的方向。其实想要健康，最重要的是平衡膳食、改进自己的菜谱。

要想平衡膳食，首先要对食物定量。定量的意思就是吃什么不能没有限制，对吃多少要有规划。同时，也要对饮食结构有所了解，健康的饮食结构是一餐中一半是蔬菜和水果，四分之一为高蛋白（比如肉类和坚果），主食要吃少吃好。

但是多年的生活习惯
并不需要一下子就改变，
我只是提供一个标准，
大家可以在每日的饮食中
尽量遵循。

改进菜谱，做到“三减”也很重要。糖是人体衰老的根源之一，所以“三减”的头一条就是减糖。虽然说我国并没有强制要求标示出含糖量，但是可以看一下食物的配料表，一些隐形糖的来源非常可怕。很多人都没有看营养成分表上数值的习惯，这样会导致很多不必要的糖摄入。看成分表有个简单的原则——配料位置越靠前，说明用量越多，这在判断有多个配料的固体食物时比较实用。饮料中如果没有使用抗性糊精等复杂碳水化合物的话，糖分基本上都来自添加糖。

第二条是减盐。钠过多对身体的危害主要是引发血压问题，不仅可以直接刺激血管，导致血压上升，也会导致钾、钙流失，让血压不稳的同时还会引起骨质疏松，水摄入过度导致肾脏负担大。最健康的吃盐方式是一天不要超过 5g，简单量化的话，一人一天烹调的用盐量约一啤酒盖。如果这样也觉得麻烦，还有一个简单办法，可以选择营养成分表中NRV百分比低于能量的食物。但是多年的生活习惯并不需要一下子就改变，我只是提供一个标准，大家可以在每日的饮食中尽量遵循，坚持是最重要的。

最后一条是减油。为什么油脂会排在最后呢？摄入油脂并不是对人体完全有害，但是要定量。因为很多优质油脂是人体的优质脂肪来源。营养学家建议一人一日的烹调油用量是 25—39g，约两三勺。油炸食品显然是不行的。如果在家中做饭，尽量选择橄榄油、山茶油等单一不饱和脂肪酸比例相对高的烹调油；有些菜籽油的单一不饱和脂肪酸比例也很高，而且很便宜，非常适合日常摄入。

大部分人控制饮食都是为了一个目的：减肥。

怎么吃得少还不饿？怎么吃得好还能减肥？为什么我吃得很少了，体重还在涨？任何一个人在减肥过程中都会有不同层面焦虑。

对于减肥，我的观点基本跟营养学家的一样，流行的减肥法在短期多少都会有效，但是长期是不适合人体正常营养结构的。包括那些信誓旦旦宣称有正规批文批号的“减肥药”，其实都是被我国淘汰的、不合规的产品，现在却被当作国外“高级货”高价卖给渴望纤细身材的爱美人群。这些产品不仅不会减肥，还会产生很多风险。比如很多“控制体重”的药应该是在医生不断监控个人肝肾功能的前提下，遵医嘱才能持续吃的，但现在很多人自行购买后就开始吃，这一点风险极大。

聊天的过程中，我的一位同事也说出了她的困惑。她是一位身材较为丰满的姑娘，她的苦恼是觉得自己要减肥，可是医生告诉她缺乏蛋白质。很多人觉得吃得多，就一定营养均衡了，实际上并非如此。人在体内白蛋白数值很低的情况下，是会水肿的，肉眼看见就会成为一种“胖”，想验证的话，在脚踝掐一把就能看到掐痕——不管你是不是肉眼可见的“胖子”，从科学的角度来说，这就是营养不良。想要吃得健康又能达到体重目标，那么蛋白质、热量等其他人体所需的矿物质不过量的情况下，都需要适当摄取。

想要健康地补充能量，仅仅补充蛋白质是不够的，最终还是要补充热量和各种营养成分。

减肥食物举例

减肥并不意味着什么都不能吃，而是要有选择地吃。除了注意回避一些营养成分单一、高油高糖高热量的食物之外，减肥人士每天需要保证摄入的食物有：

1. 至少 200g 主食的摄入，其中薯类、杂豆杂粮占到至少 1/3；

2. 1 个鸡蛋，一小把原味坚果（约 10g）；

3. 一包约 250mL 的牛奶，可选用低脂或者脱脂的；

4. 一斤蔬菜半斤水果，特别是各类深色蔬菜，比如红黄色、紫黑色、绿色的等；

5. 约 50g 高蛋白低脂肪的畜禽肉类或水产品，比如里脊、鸡鸭胸肉、鱼虾等；

6. 烹调方式上采用蒸、煮、烩、炖、炝、拌等清淡少盐的方法，少用油炒、煎炸；

7. 零食摄入 100 千卡即可，同样也是选择酸奶、坚果、蔬菜、水果等。

甜品应该怎么吃?

没有女孩会不爱甜品，减压又美味，但对于追求身材的人来说，甜品却是保持苗条身材路上的一个“拦路虎”，想要吃甜品又不想长胖该怎么办呢?

大家都知道卡路里越高的食物越容易长胖，所以低卡路里的甜点是最佳选择，因为甜品的砂糖会通过身体转化成葡萄糖，帮助血清素的生成，一般从血清素到最佳饱腹效果的分量大概为70卡，所以不要一次性食用超量就不会胖。

但也有小秘招，想减肥又想吃甜品的人可以选择在餐前半小时这个时间段内食用甜品，这样可以产生饱腹感，因为从身体吸收葡萄糖到产生血清素需要半小时左右，血糖在此期间会上升刺激大脑中枢，可有效防止压力，降低正餐摄入量。也可以配合菠萝一起吃，帮助你更好地分解糖分，帮助消化和代谢。

在吃甜品之前适当饮水，加快新陈代谢，增加饱腹感防止摄入甜品过量。

也可以搭配热量低的点心，比如吃全麦面包时就可以搭配无糖酸奶，全麦纤维和酸奶都能够促进肠道蠕动，保持身材。

如果你是重度甜品爱好者，特别喜欢吃糖，其实可以选择一些代糖食品。比如木糖醇，它的热量几乎为零，就算是血糖偏高或者患有糖尿病的人都可以吃，而且木糖醇的化学性质与蔗糖完全不一样，不用担心吃完会长胖，更不用担心对牙齿有损害。

罗汉果也是代糖佳品，它是天然甜味剂，甜度大概是蔗糖的200倍，低热量高甜度，可以帮我们抵挡甜品的诱惑。

适当地补充些益生菌

益生菌这个词相信大家应该不会陌生，它来自希腊语，含义是“有益的活性微生物”。人体内有好的细菌，也有坏的细菌，对人体有益的细菌就是益生菌。它对人机体的健康非常重要，正因为有了它们，我们的身体才会更好地保持平衡。

益生菌主要包括乳酸菌、双歧杆菌和酵母菌等，有预防腹泻、缓解乳糖不耐症、预防阴道感染、增强人体免疫力、缓解过敏、降低血清胆固醇、预防癌症、抑制肿瘤生长等诸多好处，可谓处于健康领域的“C 位”。

平时，调节菌群平衡最直接的方法是补充益生菌。当然在选择益生菌时，也有一些窍门，第一个标准是菌种的选择，每个人身体所需要的菌群都不一样，所以我建议选择包含多种不同菌种的产品，着重包括乳酸菌和双歧杆菌。第二个标准，关注一下益生菌的剂量，好的益生菌都会含有较高的剂量，越高剂量的益生菌越优质。

如果不想直接服用益生菌，我们可以在日常的饮食中多吃富含纤维并且低糖的食物，也可以多吃发酵类食品，比如味噌汤、腌制的泡菜等，里面都含有丰富的益生菌。

Tips

Meme

提醒

❀

适当改变一下吃饭顺序可以更好地控制热量：
先吃蔬菜；再吃富含蛋白质的食物，
比如瘦肉、鱼、虾、豆腐和蛋；最后吃主食。

❀

想少吃点，还有一个便捷的方法就是换小号餐具，
小盘码菜，小碟放肉，轻松减少每日进食量。

❀

尽量少喝牛奶。
其实灵长类哺乳动物无法很好地代谢牛奶。
豆浆是很好的选择；蜂蜜、
鸡蛋也对皮肤有好处，但鸡蛋要吃蛋白部分。

❀

不吃人造黄油、蛋黄酱等油脂含量高的加工食品，
以及常温保存、保质期很长的食品，
比如热一下就可以吃的即食咖喱。这类可以
常温保存很久的产品是对人体不好的。
喝果蔬汁推荐自己榨，而不是买市面上现成的。

\# Meme日记 #

真不敢相信，我居然打算学做饭。我神奇地发现，吃了三个星期日本居家料理，每顿不落，又饱还瘦了，而且非常清肠。女主人特别会做饭，手把手教我无油健康餐。人生第一次洗米煮菜，挺有趣的。之前说过“打死都不做饭”，现在感到有点惭愧，但的确不喜欢中餐油大盐大、不健康的料理方式。所以打算学会了健康营养减肥餐，回国自己煮着吃。

\# Meme日记 #

今天学做红烧肉！作料就这些：无油无盐，三勺糖、几片姜和葱段，少许清酒加水，少许酱油，煮四十分钟就好啦！我不知道中餐红烧肉怎么做，但好像复杂很多。做这道菜，唯一要点就是煎肉的时候，要用纸巾把油从锅里吸出来。日本人真的不怎么用油！

\# Meme日记 #

煮菜煮鱼，无油无盐，估计很多人都受不了这种吃法吧。只要健康，就会习惯食物本身的味道。这个蒸锅特别好，准备买回国。

·管理好体重，才能让人生更漂亮·

我们通常评价一个人自律与否，体重管理是一个重要的衡量指标。村上春树说：“肉体才是人的神殿，不管里面供奉的是什么，都应该好好保持它的强韧、美丽和清洁。”人的一生中，金钱并不是唯一，拥有一个健康匀称的身体是基本要求。

如若不能控制体重，我们还能控制什么？体重不仅关乎美观，还能直接影响一个人的心情。我的体重管理之路的心得，首要是持之以恒。

II

WEIGHT

体重

出来混就是要还的

天生的口味和基因，决定了我在体重管理这条路上需要对抗的最大敌人就是自己的生理天性。

这份天性里最难的大概是基因带来的变化与不适应。小时候，老天爷给了我一个特殊体质，不管睡前吃多少，早上都是被饿醒的，也不会长胖。

但是“出来混就是要还的”，我在这种“吃不胖”的错觉下生活了多年，直到在拍摄《谢谢你，加州》的时候才被改变。那时候加州很热，工作又累，我经常和同事们去韩国城吃夜宵。就这样，我的体重到达了巅峰，从镜头里看我自己，就像是一个发了面的包子。那时候我才明白，在体重管理上根本没有天赋异禀这件事。

关于天性，更难的还有从小在脑海中根深蒂固的家乡味。我是上海姑娘，吃传统上海菜长大，对于浓油赤酱的传统上海菜非常习惯。每次回上海，我都会固定去一两家藏在里弄里的“苍蝇馆子”吃饭，那里做出来的食物就是我童年的味道。很多时候，人们可以对用珍贵食材制作的大餐有抵抗力，却无法抵抗家乡的味道。

但是这种口味习惯的背后是糖分摄入的超标。在上海，最常用的烹饪调料大概就是糖了，就连炒蔬菜都要放糖。

所以要管理好体重，就要拒绝热爱的家乡味，开始养生，拒绝天然的惰性；开始少油、少盐、少糖。偶尔看到上海菜实在忍不住，我也会点个桂花糯米糖藕解馋。但这种放纵大概一个季度也只有一两次而已。

管理好体重，就要开始养生，拒绝天然的惰性；开始少油、少盐、少糖。

很长一段时间里，我都在“探索”怎么不动就瘦。

从前我信奉能不动就不动的“乌龟减肥法”，比如食用高脂肪、足量蛋白来迫使体内消耗脂肪，一个月瘦好几斤，但是因为不能吃糖和碳水，导致情绪很差，头发掉很多；我还试过果汁减肥法，一天什么都不吃，只靠喝果汁，喝得人全身冰凉；我的意志力还让我坚持了一星期只吃苹果和酵素，但效果很难持久；一些物理疗法我也尝试过，比如蛋白线埋线减肥，虽然会让人在短时间内对任何食物都没有食欲，但是非常伤元气。

后来我才知道这种方式对大部分人都不适用，只适合极度肥胖的人，比如三百斤的肥胖症患者。

这些林林总总的“减肥法”共同的缺点是：会让人一直很饿，且不可持续，一复吃就会复胖。所以，自律不容易，本来意志上的长期坚持就难，必须要找到正确的办法才能事半功倍。

其实要想管理体重，必须离开沙发和床动起来。运动减肥法是所有减肥方法中能健康、有效减肥的方法之一，运动可以减掉脂肪，降低患心脏病和糖尿病的风险，还有助于保持良好的心情，缓解压力，有助睡眠。

但不科学的运动容易造成运动损伤，得不偿失。那么什么样的运动才是科学的呢？在力求科学运动的过程中，我找到了普拉提和钢管舞，如今这两项都变成了我最喜欢的运动。

曾经“龟缩不动”的我，现在也尽量保证一周两次的运动频率。不能坚持的时候，我也会像很多人一样，不可避免地陷入自责情绪。但这时我就会去看社交网络里健身练得很好的女生，羡慕的同时还能自我激励，激发斗志。虽然我在健身方面还是一个初学者，但是，一点点的行动汇聚成了变化，身体非常诚实，给我的反馈很明显。三年前，我和朋友去爬香山，朋友连拉带拽都没有让我登上山顶。但是前几天我们又相约去爬山，我竟然能轻松地爬上去了。

我开始明白，暴饮暴食或者极度节食对身体都不好。把体型和体重保持在一个理想范围内，要付出的远比想象中多，就像储蓄一样，每天循序渐进，得到的好处和惊喜才会更长远。

·更有效的运动源于兴趣·

2018 年夏天，我开始练习钢管舞，最开始的时候，我和所有零基础学生一样找不到方法，并且由于经常出差，让练习的过程更加困难。但钢管舞是一种让全身得到锻炼的运动，我很喜欢那种集合全身的力气来完成动作的感觉，并且能锻炼腹肌、臀部肌肉和手臂肌肉，正好都是我的诉求。每次训练后我都自己找时间坚持练习老师留下的“作业”，保持体力不退步。但是这一切都建立在我喜欢这项运动的基础上，才能对自己狠。而一件事一旦有了狠劲，那就有了进步的空间。

普拉提也一样，对我而言，这项运动最重要的作用是拉筋，而探索这项运动是否适合我，也经历了一个过程。和普拉提类似的瑜伽也是一项很好的运动，让很多人受益匪浅，但奇怪的是，我每次体验的感受都不好，完全没办法产生兴趣，更别提坚持了。后来转战普拉提，这项运动的精准性往往比其他运动更加直接有效，更侧重于力量训练和肌肉控制的普拉提，反而更适合我的身体。每次锻炼完，我的整个肌肉系统得到均匀的训练，全身通畅的感觉非常好。

后来只要我在北京，都会努力在不同的工作间隙中，去安排一两节普拉提课。不能拉筋的时候，我还会经常充满负罪感，哪怕是遇到楼梯，我也会把腿放在五阶以上顺便压一下。每次去上课，我紧张又兴奋，但是既然对自己有要求就不能偷懒。因为只有对自己有规划，才能慢慢感受到身体的变化。

所以每个人都要根据自己的诉求选择适合自己的运动。一旦有了兴趣，就迈出了第一步。所有事但凡能坚持下来，一定都有一个叫兴趣的老师在引路。

钢管舞是一种让全身得到
锻炼的运动，我很喜欢那种
集合全身的力气来完成
动作的感觉，并且能锻炼腹肌、
臀部肌肉和手臂肌肉，
正好是我的诉求。

懒人运动瘦身法

1

双腿半伸展

仰卧于垫子上，上半身抬起来，腹部保持收紧状态，绷脚尖，呼气屈膝，小腿平行地面，双手放于身体两侧，然后吸气向两侧打开。

臀桥式，腹部收紧，不塌腰，髋膝肩在一条直线上，单腿屈膝支撑，另一条腿伸直勾脚尖，吸气下放，呼气抬起来双膝在一条直线上。

臀桥式单腿点地

2

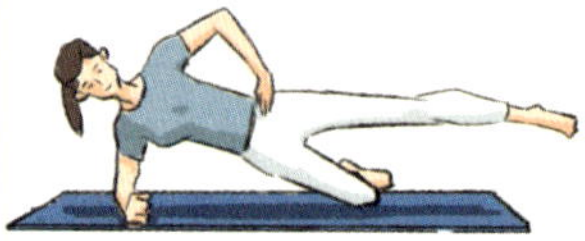

3

跪姿侧支撑点地

手臂力量没有那么强的小伙伴，一条腿屈膝点地，另一条腿吸气下放，呼气抬起腿不超过髋关节。幅度太大，身体会抖，保持核心与腿部同时发力。

做单腿画圆，减少腿部多余脂肪，这两个动作除了加强核心训练外，可以有效紧致双腿，达到瘦腿的功效。

跪姿侧支撑画圆

4

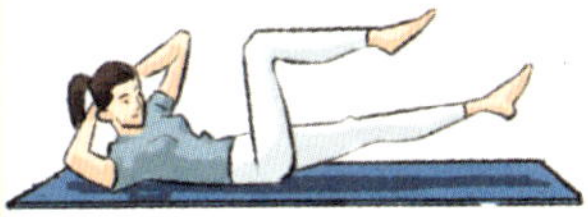

5

十字交叉扭转式

仰卧位，双手放于头两侧，不抱紧，双腿保持屈膝伸直，呼气胸椎旋转到最大极限，肘关节尽量在膝关节外侧，左右旋转。这个动作除了练腹部，还可以塑造两侧肌肉线条。

俯身，上半身腹部收紧在垫子上，下半身双腿抬起来交叉交换手臂与双腿，上下拍动，模仿游泳姿势，加强核心的同时可以锻炼腰肌力量，缓解腰椎疼痛。

泳式

6

Tips

Meme

提醒

普拉提和瑜伽的区别

❀

呼吸不同：两者都注重呼吸，但是两者的呼吸部位不同，普拉提用鼻子吸气，嘴呼气，多用腹式呼吸法；瑜伽的呼吸是通过鼻子吸气，再用鼻子呼气，大部分采用腹式呼吸法，也可用胸式呼吸或完全呼吸法。

❀

体式练习不同：普拉提更注重力量训练，要求对各部位的肌肉锻炼；瑜伽的体式在柔韧、拉伸和平衡上。

❀

侧重点不同：普拉提侧重核心的训练，强调身体肌肉和技能的练习，使各个部位的肌肉都能得到充分练习；瑜伽侧重于身心结合，柔韧性和拉伸练习较普拉提多些，两者比较，普拉提像科学，而瑜伽更像哲学。

用这些方法提升自己的运动兴趣

除了兴趣，教练也很重要。好的教练会像一个引路人一样，循序渐进、有针对性地帮你训练，让你在运动的时候更有章法，从小白慢慢感知一项运动的全貌。所以如果是技术型运动，最好找一个教练陪你共同练习。

严格训练外，我还会定期鼓励和奖赏自己。比如会穿好看的衣服去健身，因为拍照后很多人会给你留言夸奖你，这种小小的“虚荣”能帮助我们更好地坚持。我不排斥健身时候拍照，因为拍照也是激励自己的一种方式。比如有个动作挺难做到，平时只能坚持五秒，但是有相机在，可能就会坚持十秒，而且一定是最近做得最好的一次。所以要不断利用这种外在力量去督促自己完成一个个良性循环。

不过，健身可以发朋友圈，但千万不要为了发朋友圈才去健身。有一次我在外地出差，临时找了一个健身房私教上课。教练以为我只是来拍照的，马上拿出一个专业打光灯，教练教我的动作都是好看的，刚摆完一个动作就开始拍照，我才刚练完左腿，右腿还没练，非常不均衡。这样本末倒置，反而失去了运动的初心。

曾有人说：“只要是那些鼓励人们离开沙发的运动，都是好主意。”但能让你长期坚持的运动你一定感兴趣，每次超越你的极限一点点，练完又会很开心，这才是好的运动。

每次超越你的极限一点点，
练完又会很开心，
这才是好的运动。

我在朋友圈里发的最多的图就是练习钢管舞的，这项曾经在我看来难于登天的运动，现在已然成了我最喜欢的运动。它不但在身体上给我减压，而且也磨炼了我的心态和意志。

作为一种技术性舞蹈，钢管舞并不是大家有色眼镜里看到的那样，而是对全身肌肉、技术要求都很高的运动方式。能跳好钢管舞的女生不仅仪态好看，也都很能吃苦。你需要用上全身的力气，才能很好地驾驭钢管。有趣的是，在钢管上完成所有的动作，并不全靠蛮力，而是需要用力量和技巧去完成每一个动作。在坚持的过程中，自身的力量与柔韧性都会在无形中增长。

钢管舞有很好的塑形效果，练习钢管舞，肌肉不会横向发展：胖的人可以减肥，较瘦的人可以锻炼身体素质。如果是零基础，钢管舞是不建议自学的，因为钢管舞在专业导师辅助下没有危险性，但如果零基础自学就属于高危型运动，所以我建议对钢管舞感兴趣的人群，可以先由教练辅导一段时间，掌握基本技巧以后再自学。

作为一名初学钢管舞者，我一开始也走进了误区，单纯追求技巧难度，急于在杆子上做出一些看似很酷炫的动作，显得自己的训练有成效。但后来教练告诉我，把钢管舞跳好不在于动作难度高，而是要把细节做到位。

动作的卡点、方位、呼吸、发力以及学会自我保护，都是钢管舞的细节。很多时候，初学者做出一个动作后会想着立即换动作，没有扎实的基本功，没有自我保护意识，这是非常危险的。

在循序渐进的过程当中，每练习一个动作，教练都会在我旁边给我做心理辅导，练习的时候一定要等上一个动作稳了之后才能进行下一步的动作，这样的话才不会受伤。有时候，我觉得练习钢管舞就像是走路一样，踏踏实实一步步才能踩得稳，任何一步掉以轻心，都可能从杆子上摔下来。

因为在钢管上很多动作都是倒着的，在杆上做倒立时，方向感是非常模糊的，初学者容易分不清东南西北，手也会乱打，这些都很正常。所以可以在地面开始反复练习倒立。还要记住一些自救的方法，或者替补方案，这样就不会在危机发生的时候脑子一片空白。

一步一步慢慢练习倒立，保持身体平衡，集中注意力，才有办法成功。而这样的练习，会让你的注意力与平衡感都变好，身体的柔韧性也有提高。

练习钢管舞就像走路一样，踏踏实实一步步才能
踩得稳，任何一步掉以轻心，
都可能从杆子上摔下来。

钢管舞最重要的核心练习

你可以试试——

1. 地面辅助练习：跑步 + 标准的平板支撑，尽量在自己可以忍受的范围内做到标准。平板支撑可以训练到全身肌肉，若有体力可以再做仰卧起坐、俯卧撑等。

2. 想把钢管舞练好，最好的捷径是：掌握方法之后多在钢管上练习技巧，基础弱的练习者要去反复练习学到的内容。一句话，掌握正确的方法再加上多练是最好的捷径。

很多人平日很忙，没有大段的运动时间，这种情况下可以每天在家抽出 10—30 分钟的时间，做一些中高强度的间歇运动。它的燃脂效果跟你去户外跑步或者骑车一个小时以上的效果是差不多的，既高效又省时。

开合跳

开合跳是一种高效燃脂动作，做起来虽然很简单，但燃脂的速度是非常快的。不仅如此，这个动作能锻炼到腿部、手臂、肚子等容易堆积脂肪的部位。坚持锻炼开合跳，那么不出一个月，减脂效果肯定让你满意。

波比跳

这是世界公认的燃脂效果最好的一个动作。波比跳结合了俯卧撑、深蹲等一系列动作，能够让全身的脂肪燃烧起来。虽然练起来很累，但如果坚持下去，这个动作给你带来的减肥效果是很好的。

深蹲

很多人觉得，深蹲是力量训练，只有增肌的时候才做，并且会把下半身练粗。其实，深蹲这个动作，可以锻炼到腿部最大的肌肉群，适当的深蹲，并不会让下半身变粗，只会减脂塑形。

跳绳

大部分人减肥更愿意选择跑步而不选择跳绳。其实，跳绳的燃脂效果比跑步高四倍，同时还能提高了心率，使身体更健康。值得注意的是，跳绳一开始不适合迅速完成，需要逐渐地加速度，让身体慢慢适应。

倒立

平时在家可以多做倒立练习，倒立可以改善血液循环、美容养颜、延缓衰老、刺激消化和排毒，对女生好处很多。但饭后两小时内或喝水过多时不宜做。做完倒立后最好稍事活动后再休息。

卷腹

卷腹是最普遍的腹部运动的一种，主要锻炼腹直肌。如果想练腹肌，对缺乏运动和腰腹力量不足的初练者来说，可以先做做卷腹运动，也是练出马甲线的首要选择。

Tips

Meme

提醒

每天做十个深蹲 = 翘臀 + 瘦全身。

饭后靠墙站一会儿，

可以治疗驼背还能有效地避免发胖。

◦让卡路里摄入变成负数◦

很多人在减重的时候，都会“闻淀粉色变”，觉得淀粉属于碳水化合物，是减肥的大敌。但其实一味否定淀粉并不科学。淀粉是人体的“快乐剂”，常年不吃主食的人反应会变慢，记忆力也会变差。

所以，我并不主张减重的时候完全不吃淀粉。如果你想减肥，晚饭可以不吃主食，用薏米、红薯、荞麦、黑米等粗粮来代替，因为这些粗粮主食的升糖指数相较于精米白面低一些。升糖指数（Glycemic Index，简称 GI）的中文全称是“血糖生成指数”，它反映了食物进入人体两小时内血糖升高的相对速度。GI 越高的食物，在进入肠道之后，会越快被消化掉，产生的葡萄糖则会迅速地进入血液，更容易导致人患上高血糖等疾病；而低 GI 的食物，一般膳食纤维的含量都会较高，在肠道停留的时间较长，易产生饱腹感，减缓葡萄糖的吸收，从而减少餐后血糖的波动，能够降低糖尿病和心血管疾病的发病率。

此外，低 GI 的食物还能降低胰岛素水平，促进脂肪的分解，起到减肥的作用。所以如果想要减重，单一地排斥某一种或者某一类食物是不科学的，而是要看具体的 GI 值。

GI<55

为低升糖指数食物

55<GI<70

为中升糖指数食物

GI>70

为高升糖指数食物

升糖指数食物举例

类别	食物	GI 值
主食类	小麦	41
	土豆	62
	糙米	66
	米饭	90
	玉米	55
肉类	蛋	30
	鱼	45
	虾	45
	牛肉	45
	猪肉	45
蔬菜类	辣椒	26
	西红柿	15
	生菜	15
	茄子	15
	南瓜	75
	四季豆	27
	胡萝卜	71
水果类	葡萄	43
	草莓	40
	柠檬	34
	猕猴桃	52
	樱桃	22

Tips

Meme
提醒

所有女孩子都是水做的，
除却选择低 GI 的食物，如果坚持科学喝水法，
也能让我们看到身体的变化。

《中国居民膳食营养指南》指出，
每天喝水要在 1200-1500mL，也就是 6-8 杯水，
能够保证人体所需要基本水分。

\#
Meme
日记
\#

我有一个带刻度的大桶水杯，可以提醒我在对的时间喝足量的水，坚持了一段时间，不仅发现自己状态变好了，还变瘦了，以后每天都要督促自己好好喝水，因为还能帮助减肥呢！

\#
Meme
日记
\#

“体操运动员”回来打卡啦！上杆后受伤了，好在没大碍，手臂力量是我的弱项，什么时候能用手撑起自己呢？加油！

后记 ❀ ❀ ❀

A F T E R W O R D

一本书的完成真的是一件非常耗费精力的事情。《对自己狠一点》是我的第三本书，也是我的一段生活经历。之前由于拍摄“谢谢你”系列纪录片，去了纽约、伦敦、米兰、巴黎、洛杉矶和东京。这一路走来，八年时间洗礼，感觉自己看过了世界的很多角落。

人生的每一天都没有虚度。感谢这些年自己的成长，经历过的体验、走过的路程，以及遇到的朋友，他们都成为我人生中最宝贵的财富。我上一本书讲的是关于年轻人待人接物等礼仪方面的心得，这本书讲的更多是成功人士之所以能成功，和严格的自律及自控力是分不开的。我身边有很多成功的朋友，他们身上的特质各不相同，但有一个共同点，那就是在某一方面是个极为自律、对自己够狠的人。

成功或许没有定律，但总有些规律，我愿把我所知道的，与你们分享。

这本书的完成特别感谢我身边的朋友们，每一段经历都少不了他们对我的关心与爱护。也借由此书感谢我的团队，感谢每一位小伙伴的付出，大家都朝着共同的目标一路坚持向前。还要感谢出版公司和为这本书提出指导的朋友们，其中包括王誉、墨墨、小松、季艺以及故去的邹文，还有我团队的小伙伴：大元、豆豆、小宁、安琪、朵拉，一路点点滴滴感恩有你们在身边。更要感谢我的家人，你们是我事业和生活中最强有力的后盾，总是无条件支持我，没有你们也不会有如今的我。

希望读者们能够通过这本书获得一些启发。如果能够在你们未来的人生路上，有一点小小的提示和帮助，我会感到无比欣慰和高兴！愿我们每一段人生之路都不虚度，愿大家珍惜此行，常怀感恩之心，一切顺利、健康，拥有一个丰富灿烂的人生！

对自己狠一点

产品经理 | 墨　墨　　装帧设计 | 小　武
余小山　　技术编辑 | 天　空

图书在版编目（CIP）数据
对自己狠一点 / 田朴珺著 . -- 南京 : 江苏凤凰文艺出版社 , 2022.1（2022.3 重印）
ISBN 978-7-5594-6306-7

Ⅰ . ①对… Ⅱ . ①田… Ⅲ . ①随笔 – 作品集 – 中国 – 当代 Ⅳ . ① I267.1

中国版本图书馆 CIP 数据核字 (2021) 第 195220 号

对自己狠一点
田朴珺 著

出 版 人　张在健
责任编辑　王　青
特约编辑　墨　墨　余小山
装帧设计　小　武
出版发行　江苏凤凰文艺出版社
　　　　　南京市中央路 165 号，邮编：210009
网　　址　http://www.jswenyi.com
印　　刷　北京盛通印刷股份有限公司
开　　本　710 毫米 ×1000 毫米　1/16
印　　张　12
字　　数　270 千字
版　　次　2022 年 1 月第 1 版
印　　次　2022 年 3 月第 2 次印刷
印　　数　10, 001—15, 000
书　　号　ISBN 978-7-5594-6306-7
定　　价　58.00 元